荷叶·母亲

冰心 著

长江文艺出版社

图书在版编目（CIP）数据

荷叶·母亲 / 冰心著. -- 武汉：长江文艺出版社，2024.6
（初中语文同步阅读）
ISBN 978-7-5702-3611-4

Ⅰ．①荷… Ⅱ．①冰… Ⅲ．①中国文学－当代文学－作品综合集 Ⅳ．①I217.2

中国国家版本馆CIP数据核字(2024)第104883号

荷叶·母亲
HEYE·MUQIN

| 责任编辑：姜　晶 | 责任校对：毛季慧 |
| 封面设计：陈希璇 | 责任印制：邱　莉　杨　帆 |

出版： 长江出版传媒　　长江文艺出版社
地址：武汉市雄楚大街268号　　邮编：430070
发行：长江文艺出版社
http://www.cjlap.com
印刷：崇阳文昌印务股份有限公司

开本：640毫米×970毫米　　1/16　　印张：12.5
版次：2024年6月第1版　　2024年6月第1次印刷
字数：162千字

定价：26.00元

版权所有，盗版必究（举报电话：027—87679308　　87679310）
（图书出现印装问题，本社负责调换）

有你在，灯亮着

胡 杰

巴金这样评价冰心："有你在，灯亮着。一代代的青年读到冰心的书，懂得了爱：爱星星、爱大海、爱祖国，爱一切美好的事物。"

是的，有你在，灯亮着。冰心确实是很愿意做灯塔的。很小的时候，冰心与她的父亲闲谈，便曾告诉父亲"我想看守灯塔去"。她说："我晚上举着火炬，登上天梯，我觉得有无上的倨傲与光荣。"鲁迅先生也曾说过："此后如竟没有炬火，我便是唯一的光"。和鲁迅一样，冰心对光明有着无限的崇敬，对奉献有着无限的坚定，对指引有着无限的执着与忠诚。

假若不能成为灯塔呢？冰心或许更愿意做那盏虽微小却闪亮的小橘灯。"这朦胧的橘红的灯光"可以一路指引着读者，走出阴暗，走出阴霾，走出困境。你看，在国家危难的时刻，在灾难突发的关口，在阴云密布的天空，是那一盏盏小橘灯，扯开裂口，带来微光，引领我们走出黑暗和恐惧、带领我们甄别谣言和偏见、带着我们走出痛苦和地狱，来到了一片广阔而光明的地方。

读冰心的作品，心中常有感动，眼前一片清明。

"为什么我的眼里常含泪水？因为我对这土地爱得深沉"。

冰心，如此深沉地爱着这滚烫的人世间。

她深爱着她的母亲。多少次啊,她深情地回忆起和母亲相关的点点滴滴。身处异乡的时候,她怀念母亲温暖的双手和宽厚的膝头;孤独的时候,她怀念母亲轻柔的抚慰和宠溺的话语;艰难的时候,她怀念母亲坚实的怀抱和坚定的拥抱——"母亲呵!天上的风雨来了,鸟儿躲进它的巢里;心中的风雨来了,我只躲进你的怀里"。

母亲,是冰心的,也是我们的永远的避风港湾。

她深爱着祖国。她说:"国内一片苍凉庄严,虽然有的只是颓废剥落的城垣宫殿,却令人起一种仰首欲攀低首拜之思。"大约是受了父亲的影响,幼年的冰心,便有着深重的家国情怀。等她出国留学,这片饱经风霜的土地,更使在异国求学的少女魂牵梦萦。每个月明的夜晚,冰心都被乡愁深深地折磨。她掠着头发,发上掠到了乡愁,她捏着指尖,指尖捏着了乡愁。由于思乡的心情过于迫切,她甚至生了病,在病中,她依然带着无限的爱意去书写她回忆中的祖国。她充满深情地感慨:"可敬可爱的五千年的故国啊!"

大海的水不能温热,孤傲的心无法软化,但冰心对祖国的赤诚,却横亘一生,始终如一。

她深爱着所有或坚韧或脆弱的生命。她爱漫天的繁星,她看到"天上的星辰,骤雨般落在大海上,嗤嗤繁响",她便深深地战栗了。她爱墙角瘦弱的蒲公英,因为"世上一物有一物的长处,一人有一人的价值。我不能偏爱,也不能偏憎"。她爱自然界的风景,她说:"我爱听碎雪和微雨,我爱看明月和星辰。"她爱嫩绿的芽、淡白的花、深红的果,她知道人生是一次漫长的旅程,而我们的是"长行的旅客,向着同一个归宿"。她知道"人心中有了春气,秋风就不能引起愁思"。

而她最爱的,是天真可爱的孩子们。"只拣儿童多处行",她是多么喜欢她的年轻的读者呀。她给小读者们写信,她提醒每一个孩子去充满爱意地拥抱自己的母亲,她称呼小读者为"我的小朋友",哪怕是在病中,她也从未忘记和她的小朋友们笔谈。她满腹惆怅地和小朋友们诉说离别的哀苦,也兴奋不已地和小朋友们分享归家的幸福。她记录沿途的风景、旅途的悲欢、异乡的漂泊、故土的缠绵。她捧着一颗炽热的心,并剖开给小朋友们看。她说:"春天在云中微笑,将临到了,那时我更有温柔的消息,报告你们"。

温柔的诗人携着温柔的消息,写出温柔的文字,这些文字,如一阵阵温柔的春风,抚平她的"小朋友"们的心。

她有多少温存,就有多少坚定。
她有多少细腻,就有多少纯真。
她的生命中,"只有祝福,没有诅咒"。
她说,诗歌女神应该"满溢着温柔,微带着忧愁"。
她自己,就是最美的诗歌女神。

"爱在左,情在右,走在生命的两旁,随时撒种,随时开花,使得这一径长途,点缀得花香弥漫,让穿枝拂叶的人,踏着荆棘,不觉得痛苦,有泪可挥,也不是悲凉",这是冰心对人生的诠释。"心是冷的,泪是热的;心,凝固了世界,泪,温柔了世界",这是冰心对人世的谅解。冰心说:"我自己是凡人,我只求凡人的幸福。"可我们都知道,她只是一味地谦逊。她怕成为墙角的孤芳自赏的花,于是索性长成了森林里的挺拔参天的树!

此刻,亲爱的孩子们,愿你们与此时的我一样,正轻轻地翻开书本,用眼睛、用心灵去触摸着这些动人的文字,享受着这棵大树给我们带来的清凉的幸福的浓荫。

第一辑 散文

笑	/3
山中杂感	/5
一朵白蔷薇	/6
往事（一）（节选）	/7
往事（二）（节选）	/16
寄小读者	/23

第二辑 诗歌

诗的女神	/59
谢"思想"	/61
繁星	/63
假如我是个作家	/112
迎"春"	/114

春水 /116
纸船
　　——寄母亲 /172

第三辑　小说

最后的安息 /175
超人 /185

第一辑

散 文

笑①

雨声渐渐的住了,窗帘后隐隐的透进清光来。推开窗户一看,呀!凉云散了,树叶上的残滴,映着月儿,好似萤光千点,闪闪烁烁的动着。——真没想到苦雨孤灯之后,会有这么一幅清美的图画!

凭窗站了一会儿,微微的觉得凉意侵人。转过身来,忽然眼花缭乱,屋子里的别的东西,都隐在光云里;一片幽辉,只浸着墙上画中的安琪儿。——这白衣的安琪儿,抱着花儿,扬着翅儿,向着我微微的笑。

"这笑容仿佛在哪儿看见过似的,什么时候,我曾……"我不知不觉的便坐在窗口下想,——默默的想。

严闭的心幕,慢慢的拉开了,涌出五年前的一个印象。——一条很长的古道。驴脚下的泥,兀自滑滑的。田沟里的水,潺潺的流着。近村的绿树,都笼在湿烟里。弓儿似的新月,挂在树梢。一边走着,似乎道旁有一个孩子,抱着一堆灿白的东西。驴儿过去了,无意中回头一看。——他抱着花儿,赤着脚儿,向着我微微的笑。

---

① 编者注:由于时代关系,冰心作品中的很多词语、数字、计量单位、标点符号等和现在的用法很不一致,为了保留作品的历史原貌,一般不作改动。

"这笑容又仿佛是哪儿看见过似的!"我仍是想——默默的想。

又现出一重心幕来,也慢慢的拉开了,涌出十年前的一个印象。——茅檐下的雨水,一滴一滴的落到衣上来。土阶边的水泡儿,泛来泛去的乱转。门前的麦垅和葡萄架子,都濯得新黄嫩绿的非常鲜丽。——一会儿好容易雨晴了,连忙走下坡儿去。迎头看见月儿从海面上来了,猛然记得有件东西忘下了,站住了,回过头来。这茅屋里的老妇人——她倚着门儿,抱着花儿,向着我微微的笑。

这同样微妙的神情,好似游丝一般,飘飘漾漾的合了拢来,绾在一起。

这时心下光明澄静,如登仙界,如归故乡。眼前浮现的三个笑容,一时融化在爱的调和里看不分明了。

一九二〇年

(原载 1921 年 1 月《小说月报》第 12 卷第 1 号)

山中杂感

溶溶的水月,螭头上只有她和我。树影里对面水边,隐隐的听见水声和笑语。我们微微的谈着,恐怕惊醒了这浓睡的世界。——万籁无声,月光下只有深碧的池水,玲珑雪白的衣裳。这也只是无限之生中的一刹那顷!然而无限之生中,哪里容易得这样的一刹那顷!

夕照里,牛羊下山了,小蚁般缘走在青岩上。绿树丛颠的嫩黄叶子,也衬在红墙边。——这时节,万有都笼盖在寂寞里,可曾想到北京城里的新闻纸上,花花绿绿的都载的是什么事?

只有早晨的深谷中,可以和自然对语。计划定了,岩石点头,草花欢笑。造物者呵!我们星驰的前途,路站上,请你再遥遥的安置下几个早晨的深谷!

陡绝的岩上,树根盘结里,只有我俯视一切。——无限的宇宙里,人和物质的山,水,远村,云树,又如何比得起?然而人的思想可以超越到太空里去,它们却永远只在地面上。

一九二一年六月二十日,在西山。
(原载1921年6月25日北京《晨报》)

一朵白蔷薇

怎么独自站在河边上？这朦胧的天色，是黎明还是黄昏？何处寻问，只觉得眼前竟是花的世界。中间杂着几朵白蔷薇。

她来了，她从山上下来了。靓妆着，仿佛是一身缟白，手里抱着一大束花。

我说，"你来，给你一朵白蔷薇，好簪在襟上。"她微笑说了一句话，只是听不见。然而似乎我竟没有摘，她也没有戴，依旧抱着花儿，向前走了。

抬头望她去路，只见得两旁开满了花，垂满了花，落满了花。

我想白花终比红花好；然而为何我竟没有摘，她也竟没有戴？

前路是什么地方，为何不随她走去？

都过去了，花也隐了，梦也醒了，前路如何？便摘也何曾戴？

一九二一年八月二十日追记。

（原载1921年8月26日北京《晨报》）

往事（一）（节选）
——生命历史中的几页图画

在别人只是模糊记着的事情，
　然而在心灵脆弱者，
　已经反复而深深地
　　镂刻在回忆的心版上了！

索性凭着深刻的印象，
　将这些往事
　移在白纸上罢——
　再回忆时
　　不向心版上搜索了！

一

　　将我短小的生命的树，一节一节的斩断了，圆片般堆在童年的草地上。我要一片一片的拾起来看；含泪的看，微笑的看，口里吹着短歌的看。

　　难为他装点得一节一节，这般丰满而清丽！

我有一个朋友，常常说，"来生来生！"——但我却如此说："假如生命是乏味的，我怕有来生。假如生命是有趣的，今生已是满足的了！"

第一个厚的圆片是大海；海的西边，山的东边，我的生命树在那里萌芽生长，吸收着山风海涛。每一根小草，每一粒沙砾，都是我最初的恋慕，最初拥护我的安琪儿。

这圆片里重叠着无数快乐的图画，憨嬉的图画，寂寞的图画，和泛泛无着的图画。

放下罢，不堪回忆！

第二个厚的圆片是绿阴；这一片里许多生命表现的幽花，都是这绿阴烘托出来的。有浓红的，有淡白的，有不可名色的……

晚晴的绿阴，朝雾的绿阴，繁星下指点着的绿阴，月夜花棚秋千架下的绿阴！

感谢这曲曲屏山！它圈住了我许多思想。

第三个厚的圆片，不是大海，不是绿阴，是什么？我不知道！

假如生命是无味的，我不要来生。假如生命是有趣的，今生已是满足的了。

七

父亲的朋友送给我们两缸莲花，一缸是红的，一缸是白的，都摆在院子里。

八年之久，我没有在院子里看莲花了——但故乡的园院里，却有许多；不但有并蒂的，还有三蒂的，四蒂的，都是红莲。

九年前的一个月夜，祖父和我在园里乘凉。祖父笑着和我说，"我们园里最初开三蒂莲的时候，正好我们大家庭中添了你们三个姊妹。大家都欢喜，说是应了花瑞。"

半夜里听见繁杂的雨声，早起是浓阴的天，我觉得有些烦闷。从窗内往外看时，那一朵白莲已经谢了，白瓣儿小船般散漂在水面。梗上只留个小小的莲蓬，和几根淡黄色的花须，那一朵红莲，昨夜还是菡萏的，今晨却开满了，亭亭地在绿叶中间立着。

仍是不适意！——徘徊了一会子，窗外雷声作了，大雨接着就来，愈下愈大。那朵红莲，被那繁密的雨点，打得左右欹斜。在无遮蔽的天空之下，我不敢下阶去，也无法可想。

对屋里母亲唤着，我连忙走过去，坐在母亲旁边——一回头忽然看见红莲旁边的一个大荷叶，慢慢的倾侧了来，正覆盖在红莲上面……我不宁的心绪散尽了！

雨势并不减退，红莲却不摇动了。雨点不住的打着，只能在那勇敢慈怜的荷叶上面，聚了些流转无力的水珠。

我心中深深的受了感动——

母亲呵！你是荷叶，我是红莲。心中的雨点来了，除了你，谁是我在无遮拦天空下的荫蔽？

一九二二年七月二十一日

一〇

晚餐的时候。灯光之下，母亲看着我半天，忽然想起笑着说："从前在海边住的时候，我闷极了，午后睡了一觉，醒来遍处找不见你。"

我知道母亲要说什么——我只不言语，我忆起我五岁时的事情了。

弟弟们都问，"往后呢？"

母亲笑着看着我说："找到大门前，她正呆呆的自己坐在石级上,对着大海呢!我睡了三点钟,她也坐了三点钟了。可怜的寂寞的小人儿呵!你们看她小时已经是这样的沉默了——我连忙上前去,珍重地将她揽在怀里……"

母亲眼里满了欢喜慈怜的珠泪。

父亲也微笑了。——弟弟们更是笑着看我。

母亲的爱,和寂寞的悲哀,以及海的深远:都在我的心中,又起了一回不可言说的惆怅!

一四

每次拿起笔来,头一件事忆起的就是海。我嫌太单调了,常常因此搁笔。

每次和朋友们谈话,谈到风景,海波又侵进谈话的岸线里,我嫌太单调了,常常因此默然,终于无语。

一次和弟弟们在院子里乘凉,仰望天河,又谈到海。我想索性今夜彻底的谈一谈海,看词锋到何时为止,联想至何处为极。

我们说着海潮,海风,海舟……最后便谈到海的女神。

涵说,"假如有位海的女神,她一定是'艳如桃李,冷若冰霜'的。"我不觉笑问,"这话怎讲!"

涵也笑道,"你看云霞的海上,何等明媚;风雨的海上,又是何等的阴沉!"

杰两手抱膝凝听着,这时便运用他最丰富的想象力,指点着说:"她……她住在灯塔的岛上,海霞是她的扇旗,海鸟是她的侍从;夜里她曳着白衣蓝裳,头上插着新月的梳子,胸前挂着明星的璎珞;翩翩地飞行于海波之上……"

楫忙问,"大风的时候呢?"杰道:"她驾着风车,狂飙疾转的在怒涛上驱走;她的长袖拂没了许多帆舟。下雨的时候,便是她忧愁了,落泪了,大海上一切都低头静默着。黄昏的时候,霞光灿然,便是她回波电笑,云发飘扬,丰神轻柔而潇洒……"

这一番话,带着画意,又是诗情,使我神往,使我微笑。

楫只在小椅子上,挨着我坐着,我抚着他,问,"你的话必是更好了,说出来让我们听听!"他本静静地听着,至此便抱着我的臂儿,笑道,"海太大了,我太小了,我不会说。"

我肃然——涵用折扇轻轻的击他的手,笑说,"好一个小哲学家!"

涵道:"姊姊,该你说一说了。"我道,"好的都让你们说尽了——我只希望我们都像海!"

杰笑道,"我们不配做女神,也不要'艳如桃李,冷若冰霜'的。"

他们都笑了——我也笑说,"不是说做女神,我希望我们都做个'海化'的青年。像涵说的,海是温柔而沉静。杰说的,海是超绝而威严。楫说的更好了,海是神秘而有容,也是虚怀,也是广博……"

我的话太乏味了,楫的头渐渐的从我臂上垂下去,我扶住了,回身轻轻地将他放在竹榻上。

涵忽然说:"也许是我看的书太少了,中国的诗里,咏海的真是不多;可惜这么一个古国,上下数千年,竟没有一个'海化'的诗人!"

从诗人上,他们的谈锋便转移到别处去了——我只默默的守着楫坐着,刚才的那些话,只在我心中,反复地寻味——思想。

一六

一年三百六十五天,有许多可纪的事;一年三百六十五夜,更有许多可纪的梦。

在梦中常常是神志湛然,飞行绝迹,可以解却许多白日的尘机烦虑。更有许多不可能的,意外的遨游,可以突兀实现。

一个春夜:梦见忽然在一个长廊上徐步,一带的花竹阑干,阑外是水。廊上近水的那一边,不到五步,便放着一张小桌子,用花边的白布罩着,中间一瓶白丁香花,杂着玫瑰,旁边还错落的摆着杯盘。望到廊的尽处,几百张小桌子,都是一样的。好像是有什么大集会,候客未来的光景。

我不敢久驻,轻轻的走过去。廊边一扇绿门,徐徐推开,又换了一番景致,长廊上的事,一概忘了。

门内是一间书室,尽是藤榻竹椅,地上铺着花席。一个女子,近窗写着字,我仿佛认得是在夏令会里相遇的谁家姊妹之一。

我们都没有说什么,我也未曾向她谢擅入的罪,似乎我们又是约下的。这时门外走进她的妹妹来,笑着便带我出去。

走过很长的甬道,两旁柱上挂着许多风景片,也都用竹框嵌着,道旁遮满了马樱花。

出了一个圆门——便是梦中意识的焦点,使我醒后能带挈着以上的景致,都深忆不忘的——到了门外,只见一望无边蔚蓝欲化的水。

这一片水:不是湖也不是海,比湖蔚蓝,比海平静,光艳得不可描画。……不可描画!生平醒时和梦中所见的水,要以此为第一了!

一道柳堤将这水界开了,绿意直伸到水中去。堤上缓步行来。梦中只觉飘然,悠然,而又怃然!

走尽了长堤,到了青翠的小山边,一处层阶之下,听得堂上有人讲书。她家的姊姊忽然又在旁边,问我,"你上去不?"我谢她说,"不去罢,还是到水边好。"

一转身又只剩我自己了,这回却沿着水岸走。风吹着柳叶。附满了绿苔的石头,错杂的在细流里立着。水光浸透了我沉醉的灵魂……

帘子一声响,梦惊碎了!水光在我眼前漾了几漾,便一时散开了,荡化了!

张递过一封信,匆匆的便又出去。

我要留梦,梦已去无痕迹……

朦胧里拿起信来一看,却是琳在西湖寄我的一张明片。

晚上我便寄她几行字:

姊姊!
　清福便独享了罢,
　何须寄我些春泛的新诗?
心灵里已是烦忙,
　又添了未曾相识的湖山,
　　频来入梦!

——《春水》一五七

一七

我坐在院里,仪从门外进来,悄悄地和我说,"你睡了以后,叔叔骑马去了,是那匹好的白马……"我连忙问,"在哪里?"他说,"在山下呢,你去了,可不许说是我告诉的。"我站起来便走。仪自己笑着,走到书室里去了。

出门便听见涛声，新雨初过，天上还是轻阴。曲折平坦的大道，直斜到山下，既跑了就不能停足，只身不由己的往下走。转过高岗，已望见父亲在平野上往来驰骋。这时听得乳娘在后面追着，唤，"慢慢的走！看道滑掉在谷里！"我不能回头，索性不理她。我只不住的唤着父亲，乳娘又不住的唤着我。

父亲已听见了，回身立马不动。到了平地上，看见董自己远远的立在树下。我笑着走到父亲马前，父亲凝视着我，用鞭子微微的击我的头，说，"睡好好的，又出来作什么！"我不答，只举着两手笑说，"我也上去！"

父亲只得下来，马不住的在场上打转，父亲用力牵住了，扶我骑上。董便过来挽着辔头，缓缓地走了。抬头一看，乳娘本站在岗上望着我，这时才转身下去。

我和董说，"你放了手，让我自己跑几周！"董笑说，"这马野得很，姑娘管不住，我快些走就得了。"

渐渐的走快了，只听得耳旁海风，只觉得心中虚凉，只不住的笑，笑里带着欢喜与恐怖。

父亲在旁边说，"好了，再走要头晕了！"说着便走过来。我撩开脸上的短发，双手扶着鞍子，笑对父亲说，"我再学骑十年的马，就可以从军去了，像父亲一般，做勇敢的军人！"父亲微笑不答。

马上看了海面的黄昏——

董在前牵着，父亲在旁扶着。晚风里上了山，直到门前。母亲和仪，还有许多人，都到马前来接我。

二〇

精神上的朋友宛因，和我的通讯里，曾一度提到死后，她说:"我只要一个白石的坟墓,四面矮矮的石阑,墓上一个十字架,再有一个仰天沉思的石像。……这墓要在山间幽静处,丛树阴中,有溪水徐流,你一日在世,有什么新开的花朵,替我放上一两束,其余的人,就不必到那里去。"

我看完这一段,立时觉得眼前涌现了一幅清幽的图画。但是我想来想去……宛因呵,你还未免太"人间化"了!

何如脚儿赤着,发儿松松的挽着,躯壳用缟白的轻绡裹着,放在一个空明莹澈的水晶棺里,用纱灯和细乐,一叶扁舟,月白风清之夜,将这棺儿送到海上,在一片挽歌声中,轻轻的系下,葬在海波深处。

想象吊者白衣如雪,几只大舟,首尾相接,耀以红灯,绕以清乐,一簇的停在波心。何等凄清,何等苍凉,又是何等豪迈!

以万顷沧波作墓田,又岂是人迹可到?即使专诚要来瞻礼,也只能下俯清波,遥遥凭吊。

更何必以人间暂时的花朵,来娱悦海中永久的灵魂!看天上的乱星孤月,水面的晚烟朝霞,听海风夜奔,海波夜啸。比新开的花,徐流的水,其壮美的程度相去又如何?

从此穆然,超然,在神灵上下,鱼龙竞逐,珊瑚玉树交枝回绕的渊底,垂目长眠:那真是数千万年来人类所未享过的奇福!

至此搁笔,神志洒然,忽然忆起少作走韵的"集龚"中有:"少年哀乐过于人,消息都妨父老惊。一事避君君匿笑,欲求缥缈反幽深。"——不觉一笑!

一九二二年七月三十一日

(原载 1922 年 10 月《小说月报》第 13 卷第 10 号)

往事（二）(节选)
——生命历史中的几页图画

> 她是翩翩的乳燕，
> 　横海飘游，
> 月明风紧，
> 　不敢停留——
> 在她频频回顾的
> 　飞翔里
> 总带着乡愁！

一

那天大雪，郁郁黄昏之中，送一个朋友出山而去。绒绒的雪上，极整齐分明的镌着我们偕行的足印。独自归来的路上，偶然低首，看见洁白匀整的雪花，只这一瞬间，已又轻轻的掩盖了我们去时的踪迹。——白茫茫的大地上，还有谁知道这一片雪下，一刹那前，有个同行，有个送别？

我的心因觉悟而沉沉的浸入悲哀！

苏东坡的：

> 人生到处知何似？
> 应似飞鸿踏雪泥——
> 泥上偶然留指爪，
> 鸿飞那复计东西！
> ……

那几句还未曾说到尽头处，岂但鸿飞不复计东西？连雪泥上的指爪都是不得而留的……于是人生到处都是渺茫了！

生命何其实在？又何其飘忽？它如迎面吹来的朔风，扑到脸上时，明明觉得砭骨劲寒；它又匆匆吹过，飒飒的散到树林子里，到天空中，渺无来因去果，纵骑着快马，也无处追寻。

原也是无聊，而薄纸存留的时候，或者比时晴的快雪长久些——今日不乐，松涛细响之中，四面风来的山亭上，又提笔来写《往事》。生命的历史一页一页的翻下去，渐渐翻近中叶，页页佳妙，图画的色彩也加倍的鲜明，动摇了我的心灵与眼目。这几幅是造物者的手迹。他轻描淡写了，又展开在我眼前；我瞻仰之下，加上一两笔点缀。

点缀完了，自己看着，似乎起了感慨，人生经得起追写几次的往事？生命刻刻消磨于把笔之顷……

这时青山的春雨已洒到松梢了！

一九二四年三月七日，青山。

二

哪有心肠？然而竟被友人约去话别——

回来已是暮色沉沉。今夜没有电光，中堂燃着两支蜡烛，闪闪的光影，从竹帘里透出，觉得凄清。

走到院子里，已听见母亲同涵和杰断断续续的说话。等我进去时，帘子响处，声音都寂。母亲只低着头做针线，涵和杰惘然的站了起来，却没有话说，只扶着椅背，对着闪闪的烛光呆望。

我怀疑着，一面向母亲说着今天饯别的光景，他们两个竟不来搭话，我也不问。

母亲进去了，我才问他们到底是怎么一回事。涵不言语，杰叹了一口气，半晌说："母亲说……她舍不得你走，你走了她如同……但她又不愿意让你知道……"

几个月来，我们原是彼此心下雪亮，只是手软心酸，不敢揭破这一层纸。然而今夜我听到了这意中的言语，我竟呆了。

忽然涵望着杰沉重的说："母亲吩咐不对莹哥说，你又来多事做什么？"

暂时沉默——这时电灯灿然的亮了，明光里照见他们两个的脸都红着。

杰嗫嚅着说："我想……我想不要紧的……"

涵截住他："不，我不许你说！"声音更严厉了。

这时杰真急了，觉得过分的受哥哥的呵斥。他也大声的说："瞒别人，难道要瞒自己的姊姊？"他负固的抵抗着。

我已丧失了裁判的能力，茫然的，无心的吹灭了蜡烛，正要勉强的说一两句话——

涵的声音凄然了，"正是不瞒别人，只瞒自己的姊姊呢！"

两对辛酸的眼光相触，如同刚卸下的琴弦一般，两个人同时无力的低下头去。

我神魂失据的站在他们中间。

电灯又灭了，感谢这一霎时消失的光明！我们只觉得温热颤动的手,紧紧的互握着,却看不见彼此盈盈的泪眼!

一九二三年七月二十三日夜,北京。

八

是除夜的酒后,在父亲的书室里。父亲看书,我也坐近书几,已是久久的沉默——

我站起,双手支颐,半倚在几上,我唤:"爹爹!"父亲抬起头来。"我想看守灯塔去。"

父亲笑了一笑,说:"也好,整年整月的守着海——只是太冷寂一些。"说完仍看他的书。

我又说:"我不怕冷寂,真的,爹爹!"

父亲放下书说:"真的便怎样?"

这时我反无从说起了!我耸一耸肩,我说:"看灯塔是一种最伟大,最高尚,而又最有诗意的生活……"

父亲点头说:"这个自然!"他往后靠着椅背,是预备长谈的姿势。这时我们都感着兴味了。

我仍旧站着,我说:"只要是一样的为人群服务,不是独善其身;我们固然不必避世,而因着性之相近,我们也不必避'避世'!"

父亲笑着点头。

我接着:"避世而出家,是我所不屑做的,奈何以青年有为之身,受十方供养?"

父亲只笑着。

我勇敢的说:"灯台守的别名,便是'光明的使者'。他抛离田里,牺牲了家人骨肉的团聚,一切种种世上耳目纷华的娱乐,来整年整月的对着渺茫无际的海天。除却海上的飞鸥片帆，天上的云涌风起，不能有新的接触。除了驰荡的海风，和岛上崖旁转青的小草，他不知春至。我抛却'乐群'，只知'敬业'……"

父亲说："和人群大陆隔绝，是怎样的一种牺牲，这情绪，我们航海人真是透彻中边的了！"言次，他微叹。

我连忙说："否，这在我并不是牺牲！我晚上举着火炬，登上天梯，我觉得有无上的倨傲与光荣。几多好男子，轻侮别离，弄潮破浪，狎习了海上的腥风，驱使着如意的桅帆，自以为不可一世，而在狂飙浓雾，海水山立之顷，他们却蹙眉低首，捧盘屏息，凝注着这一点高悬闪烁的光明！这一点是警觉，是慰安，是导引，然而这一点是由我燃着！"

父亲沉静的眼光中，似乎忽忽的起了回忆。

"晴明之日，海不扬波，我抱膝沙上，悠然看潮落星生。风雨之日，我倚窗观涛，听浪花怒撼崖石。我闭门读书，以海洋为师，以星月为友，这一切都是不变与永久。

"三五日一来的小艇上，我不断的得着世外的消息，和家人朋友的书函；似暂离又似永别的景况，使我们永驻在'的的如水'的情谊之中。我可读一切的新书籍，我可写作，在文化上，我并不曾与世界隔绝。"

父亲笑说："灯塔生活，固然极其超脱，而你的幻像，也未免过于美丽。倘若病起来，海水拍天之间，你可怎么办？"

我也笑道："这个容易——一时虑不到这些！"

父亲道："病只关你一身，误了燃灯，却是关于众生的光明……"

我连忙说："所以我说这生活是伟大的！"

父亲看我一笑，笑我词支，说："我知道你会登梯燃灯；但倘若有大风浓雾，触石沉舟的事，你须鸣枪，你须放艇……"

我郑重的说:"这一切,尤其是我所深爱的。为着自己,为着众生,我都愿学!"

父亲无言,久久,笑道:"你若是男儿,是我的好儿子!"

我走近一步,说:"假如我要得这种位置,东南沿海一带,爹爹总可为力?"

父亲看着我说:"或者……但你为何说得这般的郑重?"

我肃然道:"我处心积虑已经三年了!"

父亲敛容,沉思的抚着书角,半天,说:"我无有不赞成,我无有不为力。为着去国离家,吸受海上腥风的航海者,我忍心舍遣我惟一的弱女,到岛山上点起光明。但是,惟一的条件,灯台守不要女孩子!"

我木然勉强一笑,退坐了下去。

又是久久的沉默——

父亲站起来,慰安我似的:"清静伟大、照射光明的生活,原不止灯台守,人生宽广的很!"

我不言语。坐了一会,便掀开帘子出去。

弟弟们站在院子的四隅,燃着了小爆竹。彼此抛掷,欢呼声中,偶然有一两支掷到我身上来,我只笑避——实在没有同他们追逐的心绪。

回到卧室,黑沉沉的歪在床上。除夕的梦纵使不灵验,万一能梦见,也是慰情聊胜无。我一念至诚的要入梦,幻想中画出环境,暗灰色的波涛,峭然的白塔……

一夜寂然——奈何连个梦都不能做!

这是两年前的事了,我自此后,禁绝思虑,又十年不见灯塔,我心不乱。

这半个月来,海上瞥见了六七次,过眼时只悄然微叹。失望的心情,不愿它再兴起。而今夜浓雾中的独立,我竟极奋迅的起了悲哀!

丝雨蒙蒙里,我走上最高层,倚着船阑,忽然见天幕下,四塞的雾点之中,夹岸两崞淡墨画成似的岛山上,各有一点星光闪烁——

船身微微的左右欹斜,这两点星光,也徐徐的在两旁隐约起伏。光线穿过雾层,莹然,灿然,直射到我的心上来,如招呼,如接引,我无言,久——久,悲哀的心弦,开始策策而动!

有多少无情有恨之泪,趁今夜都向这两点星光挥洒!凭吟啸的海风,带这两年前已死的密愿,直到塔前的光下——

从兹了结!拈得起,放得下,愿不再为灯塔动心,也永不作灯塔的梦,无希望的永古不失望,不希冀那不可希冀的,永古无悲哀!

愿上帝祝福这两个塔中的燃灯者!——愿上帝祝福有海水处,无数塔中的燃灯者!愿海水向他长绿,愿海山向他长青!愿他们知道自己是这一隅岛国上无冠的帝王,只对他们,我愿致无上的颂扬与羡慕!

一九二三年八月二十八日,太平洋舟中。

(原载 1924 年 7 月《小说月报》第 15 卷第 7 号)

寄小读者

通讯一

似曾相识的小朋友们：

我以抱病又将远行之身，此三两月内，自分已和文字绝缘；因为昨天看见《晨报》副刊上已特辟了"儿童世界"一栏，欣喜之下，便借着软弱的手腕，生疏的笔墨，来和可爱的小朋友，作第一次的通讯。

在这开宗明义的第一信里，请你们容我在你们面前介绍我自己。我是你们天真队里的一个落伍者——然而有一件事，是我常常用以自傲的：就是我从前也曾是一个小孩子，现在还有时仍是一个小孩子。为着要保守这一点天真直到我转入另一世界时为止，我恳切的希望你们帮助我，提携我，我自己也要永远勉励着，做你们的一个最热情最忠实的朋友！

小朋友，我要走到很远的地方去。我十分的喜欢有这次的远行，因为或者可以从旅行中多得些材料，以后的通讯里，能告诉你们些略为新奇的事情。——我去的地方，是在地球的那一边。我有三个弟弟，最小的十三岁了。他念过地理，知道地球是圆的。他开玩笑的和我说："姊姊，你走了，我们想你的时候，可以拿一条很长的竹竿子，从我们的院子里，直穿到对面你们的院子去，穿成一个孔穴。我们从那孔穴里，可以彼此看见。我看看你别后是否胖了，或是瘦了。"小朋友想这是可能的事情么？——我又有一个小朋友，今年四岁了。他有一天问我说："姑姑，你去的地方，是比前门还远么？"小朋友看是地球的那一边远呢？还是前门远呢？

我走了——要离开父母兄弟，一切亲爱的人。虽然是时期很短，我也已觉得很难过。倘若你们在风晨雨夕，在父亲母亲的膝下怀前，姊妹弟兄的行间队里，快乐甜柔的时光之中，能联想到海外万里有一个热情忠实的朋友，独在恼人凄清的天气中，不能享得这般浓福，则你们一瞥时的天真的怜念，从宇宙之灵中，已遥遥的付与我以极大无量的快乐与慰安！

小朋友，但凡我有工夫，一定不使这通讯有长期间的间断。若是间断的时候长了些，也请你们饶恕我。因为我若不是在童心来复的一刹那顷拿起笔来，我决不敢以成人烦杂之心，来写这通讯。这一层是要请你们体恤怜悯的。

这信该收束了，我心中莫可名状，我觉得非常的荣幸！

冰 心

一九二三年七月二十五日

通讯三

亲爱的小朋友：

　　昨天下午离开了家，我如同入梦一般。车转过街角的时候，我回头凝望着——除非是再看见这缘满豆叶的棚下的一切亲爱的人，我这梦是不能醒的了！

送我的尽是小孩子——从家里出来，同车的也是小孩子，车前车后也是小孩子。我深深觉得凄恻中的光荣。冰心何福，得这些小孩子天真纯洁的爱，消受这甚深而不牵累的离情。

　　火车还没有开行，小弟弟冰季别到临头，才知道难过，不住的牵着冰叔的衣袖，说："哥哥，我们回去罢。"他酸泪盈眸，远远的站着。我叫过他来，捧住了他的脸，我又无力的放下手来，他们便走了。——我们至终没有一句话。

　　慢慢的火车出了站，一边城墙，一边杨柳，从我眼前飞过。我心沉沉如死，倒觉得廓然，便拿起国语文学史来看，刚翻到"卿云烂兮"一段。忽然看见书页上的空白处写着几个大字："别忘了小小。"我的心忽然一酸，连忙抛了书，走到对面的椅子上坐下——这是冰季的笔迹呵！小弟弟，如何还困弄我于别离之后？

　　夜中只是睡不稳，几次坐起，开起窗来，只有模糊的半圆的月，照着深黑无际的田野。——车只风驰电掣的，轮声轧轧里，奔向着无限的前途。明月和我，一步一步的离家远了！

　　今早过济南，我五时便起来，对窗整发。外望远山连绵不断，都没在朝霭里，淡到欲无。只浅蓝色的山峰一线，横亘天空。山坳里人家的炊烟，蒙蒙的屯在谷中，如同云起。朝阳极光明的照临在无边的整齐青绿的田畦上。我梳洗毕凭窗站了半点钟，在这庄严伟大的环境中，我只能默然低头，赞美万能智慧的造物者。

　　过泰安府以后，朝露还零。各站台都在浓阴之中，最有古趣，最清幽。到此我才下车稍稍散步，远望泰山，悠然神往。默诵"高山仰止，景行行止，虽不能至，心向往之"四句，反复了好几遍。

　　自此以后，站台上时闻皮靴拖踏声，刀枪相触声，又见黄衣灰衣的兵丁，成队的来往梭巡。我忽然忆起临城劫车的事，知道快到抱犊冈了，我切愿一见那些持刀背剑来去如飞的人。我这时心中只憬憧着梁山泊好汉的生活，武松林冲鲁智深的生活。我不是羡慕什么分金阁，剥皮亭，我羡慕那种激越豪放，大刀阔斧的胸襟！

因此我走出去，问那站在两车挂接处荷枪带弹的兵丁。他说快到临城了，抱犊冈远在几十里外，车上是看不见的。他和我说话极温和，说的是纯正的山东话。我如同远客听到乡音一般，起了无名的喜悦。——山东是我灵魂上的故乡，我只喜欢忠恳的山东人，听那生怯的山东话。

一站一站的近江南了，我旅行的快乐，已经开始。这次我特意定的自己一间房子，为的要自由一些，安静一些，好写些通讯。我靠在长枕上，近窗坐着。向阳那边的窗帘，都严严的掩上。对面一边，为要看风景，便开了一半。凉风徐来，这房里寂静幽阴已极。除了单调的轮声以外，与我家中的书室无异。窗内虽然没有满架的书，而窗外却旋转着伟大的自然。笔在手里，句在心里，只要我不按铃。便没有人进来搅我。龚定庵有句云："……都道西湖清怨极，谁分这般浓福？……"今早这样恬静喜悦的心境，是我所梦想不到的。书此不但自慰，并以慰弟弟们和记念我的小朋友。

冰　心

一九二三年八月四日，津浦道中。

通讯四

小朋友：

　　好容易到了临城站，我走出车外。只看见一大队兵，打着红旗，上面写着"……第二营……"又放炮仗，又吹喇叭；此外站外只是远山田垄，更没有什么。我很失望，我竟不曾看见一个穿夜行衣服，带标背剑，来去如飞的人。

　　自此以南，浮云蔽日。轨道旁时有小湫。也有小孩子，在水里洗澡游戏。更有小女儿，戴着大红花，坐在水边树底作活计，那低头穿线的情景，煞是温柔可爱。

　　过南宿州至蚌埠，轨道两旁，雨水成湖。湖上时有小舟来往。无际的微波，映着落日，那景物美到不可描画。——自此人民的口音，渐渐的改了，我也渐渐的觉得心怯，也不知道为什么。

　　过金陵正是夜间，上下车之顷，只见隔江灯火灿然。我只想象着城内的秦淮莫愁，而我所能看见的，只是长桥下微击船舷的黄波浪。

　　五日绝早过苏州。两夜失眠，烦困已极，而窗外风景，浸入我倦乏的心中，使我悠然如醉。江水伸入田垄，远远几架水车，一簇一簇的茅亭农舍，树围水绕，自成一村。水漾轻波，树枝低亚。当几个农妇挑着担儿，荷着锄儿，从那边走过之时，真不知是诗是画！

　　有时远见大江，江帆点点，在晓日之下，清极秀极。我素喜北方风物，至此也不得不倾倒于江南之雅澹温柔。

　　晨七时半到了上海，又有小孩子来接，一声"姑姑"，予我以无限的欢喜——到此已经四五天了，休息之后，俗事又忙个不了。今夜夜凉如水，灯下只有我自己。在此静夜极难得，许多姊妹兄弟，知道我来，多在夜间来找我乘凉闲话。我三次拿起笔来，都因门环响中止，凭阑下视，又是哥哥姊妹来看望我的。我慰悦而又惆怅，因为三次延搁了我所乐意写的通讯。

这只是沿途的经历，感想还多，不愿在忙中写过，以后再说。夜深了，容我说晚安罢！

冰　心

一九二三年八月九日，上海。

通讯七

亲爱的小朋友：

八月十七的下午，约克逊号邮船无数的窗眼里，飞出五色飘扬的纸带，远远的抛到岸上，任凭送别的人牵住的时候，我的心是如何的飞扬而凄恻！

痴绝的无数的送别者，在最远的江岸，仅仅牵着这终于断绝的纸条儿，放这庞然大物，载着最重的离愁，飘然西去！

船上生活，是如何的清新而活泼。除了三餐外，只是随意游戏散步。海上的头三日，我竟完全回到小孩子的境地中去了，套圈子，抛沙袋，乐此不疲，过后又绝然不玩了。后来自己回想很奇怪，无他，海唤起了我童年的回忆，海波声中，童心和游伴都跳跃到我脑中来。我十分的恨这次舟中没有几个小孩子，使我童心来复的三天中，有无猜畅好的游戏！

我自少住在海滨，却没有看见过海平如镜。这次出了吴淞口，一天的航程，一望无际尽是粼粼的微波。凉风习习，舟如在冰上行。到过了高丽界，海水竟似湖光。蓝极绿极，凝成一片。斜阳的金光，长蛇般自天边直接到阑旁人立处。上自穹苍，下至船前的水,自浅红至于深翠,幻成几十色,一层层,一片片的漾开了来。……小朋友,恨我不能画,文字竟是世界上最无用的东西,写不出这空灵的妙景!

八月十八日夜,正是双星渡河之夕。晚餐后独倚阑旁,凉风吹衣。银河一片星光,照到深黑的海上。远远听得楼阑下人声笑语,忽然感到家乡渐远。繁星闪烁着,海波吟啸着,凝立悄然,只有惆怅。

十九日黄昏,已近神户,两岸青山,不时的有渔舟往来。日本的小山多半是圆扁的,大家说笑,便道是"馒头山"。这馒头山沿途点缀,直到夜里,远望灯光灿然,已抵神户。船徐徐停住,便有许多人上岸去。我因太晚,只自己又到最高层上,初次看见这般璀璨的世界,天上微月的光,和星光,岸上的灯光,无声相映。不时的还有一串光明从山上横飞过,想是火车周行。……舟中寂然,今夜没有海潮音,静极心绪忽起:"倘若此时母亲也在这里……"我极清晰的忆起北京来,小朋友,恕我,不能往下再写了。

冰　心
一九二三年八月二十日,神户。

朝阳下转过一碧无际的草坡,穿过深林,已觉得湖上风来,湖波不是昨夜欲睡如醉的样子了。——悄然的坐在湖岸上,伸开纸,拿起笔,抬起头来,四围红叶中,四面水声里,我要开始写信给我久违的小朋友。小朋友猜我的心情是怎样的呢?

水面闪烁着点点的银光,对岸意大利花园里亭亭层列的松树,都证明我已在万里外。小朋友,到此已逾一月了,便是在日本也未曾寄过一字,说是对不起呢,我又不愿!

我平时写作,喜在人静的时候。船上却处处是公共的地方,舱面阑边,人人可以来到。海景极好,心胸却难得清平。我只能在晨间绝早,船面无人时,随意写几个字,堆积至今,总不能整理,也不愿草草整理,便迟延到了今日。我是尊重小朋友的,想小朋友也能尊重原谅我!

许多话不知从哪里说起,而一声声打击湖岸的微波,一层层的没上杂立的潮石,直到我蔽膝的毡边来,似乎要求我将她介绍给我的小朋友。小朋友,我真不知如何的形容介绍她!她现在横在我的眼前。湖上的月明和落日,湖上的浓阴和微雨,我都见过了,真是仪态万千。小朋友,我的亲爱的人都不在这里,便只有她——海的女儿,能慰安我了。Lake Waban,谐音会意,我便唤她作"慰冰"。每日黄昏的游泛,舟轻如羽,水柔如不胜桨。岸上四围的树叶,绿的、红的、黄的、白的,一丛一丛的倒影到水中来,覆盖了半湖秋水。夕阳下极其艳冶,极其柔媚。将落的金光,到了树梢,散在湖面。我在湖上光雾中,低低的嘱咐它,带我的爱和慰安,一同和它到远东去。

小朋友!海上半月,湖上也过半月了,若问我爱哪一个更甚,这却难说。——海好像我的母亲,湖是我的朋友。我和海亲近在童年,和湖亲近是现在。海是深阔无际,不着一字,她的爱是神秘而伟大的,我对她的爱是归心低首的。湖是红叶绿枝,有许多衬托,她的爱是温和妩媚的,我对她的爱是清淡相照的。这也许太抽象,然而我没有别的话来形容了!

小朋友,两月之别,你们自己写了多少,母亲怀中的乐趣,可以说来让我听听么?——这便算是沿途书信的小序,此后仍将那写好的信,按序寄上,日月和地方,都因其旧,"弱游"的我,如何自太平洋东岸的上海绕到大西洋东岸的波士顿来,这些信中说得很清楚,请在那里看罢!

不知这几百个字,何时方达到你们那里,世界真是太大了!

冰 心

一九二三年十月十四日,慰冰湖畔,威尔斯利。

通讯八

亲爱的弟弟们:

波士顿一天一天的下着秋雨,好像永没有开晴的日子。落叶红的黄的堆积在小径上,有一寸来厚,踏下去又湿又软。湖畔是少去的了,然而还是一天一遭。很长很静的道上,自己走着,听着雨点打在伞上的声音。有时自笑不知这般独往独来,冒雨迎风,是何目的!走到了,石矶上,树根上,都是湿的,没有坐处,只能站立一会,望着蒙蒙的雾。湖水白极淡极,四围湖岸的树,都隐没不见,看不出湖的大小,倒觉得神秘。

回来已是天晚,放下绿帘,开了灯,看中国诗词,和新寄来的晨报副镌,看到亲切处,竟然忘却身在异国。听得敲门,一声"请进",回头却是金发蓝睛的女孩子,笑颊粲然的立于明灯之下,常常使我猛觉,笑而吁气!

正不知北京怎样,中国又怎样了?怎么在国内的时候,不曾这样的关心?——前几天早晨,在湖边石上读华兹华斯(Wordsworth)的一首诗,题目是《我在不相识的人中间旅行》:

    I travelled among unknown men

    I travelled among unknown men,
      In land beyond the sea,

> Nor, England! did I know till then
> What love I bore to thee.

大意是：

> 直至到了海外，
> 在不相识的人中间旅行；
> 英格兰！我才知道我付与你的
> 是何等样的爱。

读此使我恍然如有所得，又怅然如有所失。是呵，不相识的！湖畔归来，远远几簇楼窗的灯火，繁星般的灿烂，但不曾与我以丝毫慰藉的光气！

想起北京城里此时街上正听着卖葡萄，卖枣的声音呢！我真是不堪，在家时黄昏睡起，秋风中听此，往往凄动不宁。有一次似乎是星期日的下午。你们都到安定门外泛舟去了，我自己廊上凝坐，秋风侵衣。一声声卖枣声墙外传来，觉得十分黯淡无趣。正不解为何这般寂寞，忽然你们的笑语喧哗也从墙外传来，我的惆怅，立时消散。自那时起，我承认你们是我的快乐和慰安，我也明白只要人心中有了春气，秋风是不会引人愁思的。但那时却不曾说与你们知道。今日偶然又想起来，这里虽没有卖葡萄甜枣的声响，而窗外风雨交加。——为着人生，不得不别离，却又禁不起别离，你们何以慰我？……一天两次，带着钥匙，忧喜参半的下楼到信橱前去，隔着玻璃，看不见一张白纸。又近看了看，实在没有。无精打采的挪上楼来，不止一次了！明知万里路，不能天天有信，而这两次终不肯不走，你们何以慰我？

夜渐长了，正是读书的好时候，愿隔着地球，和你们一同勉励着在晚餐后一定的时刻用功。只恐我在灯下时,你们却在课室里——回家千万常在母亲跟前!这种光阴是贵过黄金的,不要轻轻抛掷过去,要知道海外的姊姊,是如何的羡慕你们!——往常在家里,夜中写字看书,只管漫无限制,横竖到了休息时间,父亲或母亲就会来催促的,搁笔一笑,觉得乐极。如今到了夜深人倦的时候,只能无聊的自己收拾收拾,去做那还乡的梦。弟弟!想着我,更应当尽量消受你们眼前欢愉的生活!

菊花上市,父亲又忙了,今年种得多不多?我案头只有水仙花,还没有开,总是含苞,总是希望,当常引起我的喜悦。

快到晚餐的时候了。美国的女孩子,真爱打扮,尤其是夜间。第一遍钟响,就忙着穿衣敷粉,纷纷晚妆。夜夜晚餐桌上,个个花枝招展的。"巧笑倩兮,美目盼兮,彼美人兮,西方之人兮。"我曾戏译这四句诗给她们听。攒三聚五的凝神向我,听罢相顾,无不欢笑。

不多说什么了,只有"珍重"二字,愿彼此牢牢守着!

冰 心

一九二三年十月二十四日夜,闭壁楼。

倘若你们愿意,不妨将这封信分给我们的小朋友看看。途中书信,正在整理,一两天内,不见得能写寄。将此塞责,也是慰情聊胜无呵!又书。

通讯十

亲爱的小朋友:

我常喜欢挨坐在母亲的旁边,挽住她的衣袖,央求她述说我幼年的事。

母亲凝想地，含笑地，低低地说：

"不过有三个月罢了，偏已是这般多病。听见端药杯的人的脚步声，已知道惊怕啼哭。许多人围在床前，乞怜的眼光，不望着别人，只向着我，似乎已经从人群里认识了你的母亲！"

这时眼泪已湿了我们两个人的眼角！

"你的弥月到了，穿着舅母送的水红绸子的衣服，戴着青缎沿边的大红帽子，抱出到厅堂前。因看你丰满红润的面庞，使我在姊妹妯娌群中，起了骄傲。

"只有七个月，我们都在海舟上，我抱你站在阑旁。海波声中，你已会呼唤'妈妈'和'姊姊'。"

对于这件事，父亲和母亲还不时的起争论。父亲说世上没有七个月会说话的孩子。母亲坚执说是的。在我们家庭历史上，这事至今是件疑案。

"浓睡之中猛然听得丐妇求乞的声音，以为母亲已被她们带去了。冷汗被面的惊坐起来，脸和唇都青了，呜咽不能成声，我从后屋连忙进来，珍重的揽住，经过了无数的解释和安静，自此，便是睡着，我也不敢轻易的离开你的床前。"

这一节，我仿佛记得，我听时写时都重新起了呜咽！

"有一次你病得重极了。地上铺着席子，我抱着你在上面膝行。正是暑月，你父亲又不在家。你断断续续说的几句话，都不是三岁的孩子所能够说的。因着你奇异的智慧，增加了我无名的恐怖。我打电报给你父亲，说我身体和灵魂上都已不能再支持。忽然一阵大风雨，深忧的我，重病的你，和你疲乏的乳母，都沉沉的睡了一大觉。这一番风雨，把你又从死神的怀抱里，接了过来。"

我不信我智慧，我又信我智慧！母亲以智慧的眼光。看万物都是智慧的,何况她的唯一挚爱的女儿?

"头发又短,又没有一刻肯安静。早晨这左右两个小辫子,总是梳不起来。没有法子,父亲就来帮忙:'站好了,站好了,要照相了!'父亲拿着照相匣子,假作照着。又短又粗的两个小辫子,好容易天天这样的将就的编好了。"

我奇怪我竟不懂得向父亲索要我每天照的相片!

"陈妈的女儿宝姐,是你的好朋友。她来了,我就关你们两个人在屋里,我自己睡午觉。等我醒来,一切的玩具,小人小马,都当做船,漂浮在脸盆的水里,地上已是水汪汪的。"

宝姐是我一个神秘的朋友,我自始至终不记得,不认识她。然而从母亲口里,我深深的爱了她。

"已经三岁了,或者快四岁了。父亲带你到他的兵舰上去,大家匆匆的替你换上衣服。你自己不知什么时候,把一只小木鹿,放在小靴子里。到船上只要父亲抱着,自己一步也不肯走。放到地上走时,只有一跛一跛的。大家奇怪了,脱下靴子,发现了小木鹿。父亲和他的许多朋友都笑了。——傻孩子!你怎么不会说?"

母亲笑了,我也伏在她的膝上羞愧的笑了。——回想起来,她的质问,和我的羞愧,都是一点理由没有的。十几年前事,提起当面前事说,真是无谓。然而那时我们中间弥漫了痴和爱!

"你最怕我凝神,我至今不知是什么缘故。每逢我凝望窗外,或是稍微的呆了一呆,你就过来呼唤我,摇撼我,说:'妈妈,你的眼睛怎么不动了?'我有时喜欢你来抱住我,便故意的凝神不动。"

我自己也不知道是什么缘故。也许母亲凝神,多是忧愁的时候,我要搅乱她的思路,也未可知。——无论如何,这是个隐谜!

"然而你自己却也喜凝神。天天吃着饭,呆呆的望着壁上的字画，桌上的钟和花瓶，一碗饭数米粒似的，吃了好几点钟。我急了，便把一切都挪移开。"

这件事我记得，而且很清楚，因为独坐沉思的脾气至今不改。

当她说这些事的时候，我总是脸上堆着笑，眼里满了泪，听完了用她的衣袖来印我的眼角，静静的伏在她的膝上。这时宇宙已经没有了，只母亲和我，最后我也没有了，只有母亲；因为我本是她的一部分！

这是如何可惊喜的事，从母亲口中，逐渐的发现了，完成了我自己！她从最初已知道我，认识我，喜爱我，在我不知道不承认世界上有个我的时候，她已爱了我了。我从三岁上，才慢慢的在宇宙中寻到了自己，爱了自己，认识了自己；然而我所知道的自己，不过是母亲意念中的百分之一，千万分之一。

小朋友！当你寻见了世界上有一个人，认识你，知道你，爱你，都千百倍的胜过你自己的时候，你怎能不感激，不流泪，不死心塌地的爱她，而且死心塌地的容她爱你？

有一次，幼小的我，忽然走到母亲面前，仰着脸问说："妈妈，你到底为什么爱我？"母亲放下针线，用她的面颊，抵住我的前额，温柔地，不迟疑地说："不为什么，——只因你是我的女儿！"

小朋友！我不信世界上还有人能说这句话！"不为什么"这四个字，从她口里说出来，何等刚决，何等无回旋！她爱我，不是因为我是"冰心"，或是其他人世间的一切虚伪的称呼和名字！她的爱是不附带任何条件的，惟一的理由，就是我是她的女儿。总之，她的爱，是摒除一切，拂拭一切，层层的麾开我前后左右所蒙罩的，使我成为"今我"的元素，而直接的来爱我的自身！

假使我走至幕后，将我二十年的历史和一切都更变了，再走出到她面前，世界上纵没有一个人认识我，只要我仍是她的女儿，她就仍用她坚强无尽的爱来包围我。她爱我的肉体，她爱我的灵魂，她爱我前后左右，过去，将来，现在的一切！

天上的星辰，骤雨般落在大海上，嗤嗤繁响。海波如山一般的汹涌，一切楼屋都在地上旋转，天如同一张蓝纸卷了起来。树叶子满空飞舞，鸟儿归巢，走兽躲到它的洞穴。万象纷乱中，只要我能寻到她，投到她的怀里……天地一切都信她！她对于我的爱，不因着万物毁灭而更变！

她的爱不但包围我，而且普遍的包围着一切爱我的人；而且因着爱我，她也爱了天下的儿女，她更爱了天下的母亲。小朋友！告诉你一句小孩子以为是极浅显，而大人们以为是极高深的话，"世界便是这样的建造起来的！"

世界上没有两件事物，是完全相同的，同在你头上的两根丝发，也不能一般长短。然而——请小朋友们和我同声赞美！只有普天下的母亲的爱，或隐或显，或出或没，不论你用斗量，用尺量，或是用心灵的度量衡来推测；我的母亲对于我，你的母亲对于你，她的和他的母亲对于她和他；她们的爱是一般的长阔高深，分毫都不差减。小朋友！我敢说，也敢信古往今来，没有一个敢来驳我这句话。当我发觉了这神圣的秘密的时候，我竟欢喜感动得伏案痛哭！

我的心潮，沸涌到最高度，我知道于我的病体是不相宜的，而且我更知道我所写的都不出乎你们的智慧范围之外。——窗外正是下着紧一阵慢一阵的秋雨，玫瑰花的香气，也正无声的赞美她们的"自然母亲"的爱！

我现在不在母亲的身畔，——但我知道她的爱没有一刻离开我，她自己也如此说！——暂时无从再打听关于我的幼年的消息；然而我会写信给我的母亲。我说："亲爱的母亲，请你将我所不知道的关于我的事，随时记下寄来给我。我现在正是考古家一般的，要从深知我的你口中，研究我神秘的自己。"

被上帝祝福的小朋友！你们正在母亲的怀里。——小朋友！我教给你，你看完了这一封信，放下报纸，就快快跑去找你的母亲——若是她出去了，就去坐在门槛上，静静的等她回来——不论在屋里或是院中，把她寻见了，你便上去攀住她，左右亲她的脸，你说："母亲！若是你有工夫，请你将我小时候的事情，说给我听！"等她坐下了，你便坐在她的膝上，倚在她的胸前，你听得见她心脉和缓的跳动，你仰着脸，会有无数关于你的，你所不知道的美妙的故事，从她口里天乐一般的唱将出来！

然后，——小朋友！我愿你告诉我，她对你所说的都是什么事。

我现在正病着，没有母亲坐在旁边，小朋友一定怜念我，然而我有说不尽的感谢！造物者将我交付给我母亲的时候，竟赋予了我以记忆的心才；现在又从忙碌的课程中替我匀出七日夜来，回想母亲的爱。我病中光阴，因着这回想，寸寸都是甜蜜的。

小朋友，再谈罢，致我的爱与你们的母亲！

你的朋友　冰　心

一九二三年十二月五日晨，圣卜生疗养院，威尔斯利。

通讯十四

我的小朋友：

黄昏睡起，闲走着绕到西边回廊上，看一个病的女孩子。站在她床前说着话儿的时候，抬头看见松梢上一星朗耀，她说："这是你今晚第一颗见到的星儿，对它祝说你的愿望罢！"——同

时她低低的度着一支小曲,是:

> Star light
>
> Star bright
>
> First star I see to-night
>
> Wish I may
>
> Wish I might
>
> Have the wish I wish to might

　　小朋友:这是一支极柔媚的儿歌。我不想翻译出来。因为童谣完全以音韵见长,一翻成中国字,念出来就不好听,大意也就是她对我说的那两句话。——倘若你们自己能念,或是姊姊哥哥,姑姑母亲,能教给你们念,也就更好。——她说到此,我略不思索,我合掌向天说:"我愿万里外的母亲,不太为平安快乐的我忧虑!"

　　扣计今天或明天,就是我母亲接到我报告抱病入山的信之日,不知大家如何商量谈论,长吁短叹;岂知无知无愁的我,正在此过起止水浮云的生活来了呢!

　　去年十二月十九日,我寄给国内朋友一封信,我说:"沙穰疗养院,冷冰冰如同雪洞一般。我又整天的必须在朔风里。你们围炉的人,怎知我正在冰天雪地中,与造化挣命!"如今想起,又觉得那话说得太无谓,太怨望了,未曾听见挣命有如今这般温柔的挣法!

　　生,老,病,死,是人生很重大而又不能避免的事。无论怎样高贵伟大的人,对此切己的事,也丝毫不能为力。这时节只能将自己当作第三者,旁立静听着造化的安排。小朋友,我凝神看着造化轻舒慧腕,来安排我的命运的时候,我忍不住失声赞叹他深思和玄妙。

往常一日几次匆匆走过慰冰湖，一边看晚霞，一边心里想着功课。偷闲划舟，抬头望一望滟滟的湖波，低头看嘀嗒嘀嗒消磨时间的手表，心灵中真是太苦了，然而万没有整天的放下正事来赏玩自然的道理。造物者明明在上，看出了我的隐情，眉头一皱，轻轻的赐与我一场病，这病乃是专以抛撇一切，游泛于自然海中为治疗的。

如今呢？过的是花的生活，生长于光天化日之下，微风细雨之中；过的是鸟的生活，游息于山巅水涯，寄身于上下左右空气环围的巢床里；过的是水的生活，自在的潺潺流走；过的是云的生活，随意的袅袅卷舒。几十页几百页绝妙的诗和诗话，拿起来流水般当功课读的时候，是没有的了。如今不再干那愚拙煞风景的事，如今便四行六行的小诗，也慢慢的拿起，反复吟诵，默然深思。

我爱听碎雪和微雨，我爱看明月和星辰，从前一切世俗的烦忧，占积了我的灵府。偶然一举目，偶然一倾耳，便忙忙又收回心来，没有一次任它奔放过。如今呢，我的心，我不知怎样形容它，它如蛾出茧，如鹰翔空……

碎雪和微雨在檐上，明月和星辰在阑旁，不看也得看，不听也得听，何况病中的我，应以它们为第二生命。病前的我，愿以它们为第二生命而不能的呢？

这故事的美妙，还不止此，——"一天还应在山上走几里路"，这句话从滑稽式的医士口中道出的时候，我不知应如何的欢呼赞美他！小朋友！漫游的生涯，从今开始了！

山后是森林仄径，曲曲折折的在日影掩映中引去，不知有多少远近。我只走到一端，有大岩石处为止。登在上面眺望，我看见满山高高下下的松树。每当我要缥缈深思的时候，我就走这一条路。独自低首行来,我听见干叶枯枝,槭槭楂楂在树巅相语。草上的薄冰,踏着沙沙有声,这时节,林影沉荫中,我凝然黯然,如有所戚。

山前是一层层的大山地,爽阔空旷,无边无限的满地朝阳。层场的尽处,就是一个大冰湖,环以小山高树,是此间小朋友们溜冰处。我最喜在湖上如飞的走过。每逢我要活泼天机的时候,我就走这一条路。我沐着微暖的阳光,在树根下坐地,举目望着无际的耀眼生花的银海。我想天地何其大,人类何其小。当归途中冰湖在我足下溜走的时候,清风过耳,我欣然超然,如有所得。

三年前的夏日在北京西山,曾写了一段小文字,我不十分记得了,大约是:

> 只有早晨的深谷中
> 可以和自然对语。
> 　计划定了
> 　　岩石点头
> 　　草花欢笑。
> 造物者!
> 　在我们星驰的前途
> 　　路站上
> 再遥遥的安置下
> 　几个早晨的深谷!

原来,造物者为我安置下的几个早晨的深谷,却在离北京数万里外的沙穰,我何其"无心",造物者何其"有意"?——我还忆起,有"空谷足音",和杜甫的"绝代有佳人,幽居在空谷"

的一首诗,小朋友读过么?我翻来覆去的背诵,只忆得"绝代有佳人,幽居在空谷;自云良家子,零落依草木……摘花不插发,采柏动盈掬——天寒翠袖薄,日暮倚修竹"这八句来。黄昏时又去了。那时想起的,有"前不见古人,后不见来者,念天地之悠悠,独怆然而涕下。"归途中又诵"云无心以出岫,鸟倦飞而知还。景翳翳以将入,抚孤松而盘桓。"小朋友,愿你们用心读古人书,他们常在一定的环境中,说出你心中要说的话!

春天已在云中微笑,将临到了。那时我更有温柔的消息,报告你们。我逐日远走开去,渐渐又发现了几处断桥流水。试想看,胸中无一事留滞,日日南北东西,试揭自然的帘幕,蹑足走入仙宫……

这样的病,这样的人生,小朋友,请为我感谢。我的生命中是只有祝福,没有咒诅!

安息的时候已到,卧看星辰去了。小朋友,我以无限欢喜的心,祝你们多福。

冰 心
一九二四年一月十五日夜,沙穰。

广厅上,四面绿帘低垂。几个女孩子,在一角窗前长椅上,低低笑语。一角话匣子里奏着轻婉的提琴。我在当中的方桌上,写这封信。一个女孩子坐在对面为我画像,她时时唤我抬头看她。我听一听提琴和人家的笑语,一面心潮缓缓流动,一面时时停笔凝神。写完时重读一过,觉得太无次序了,前言不对后语的。然而的确是欢乐的心泉流过的痕迹,不复整理,即付晚邮。

通讯十六

二弟冰叔：

接到你两封冗长而恳挚的信，使我受了无限的安慰。是的！"从松树隙间穿过的阳光，就是你弟弟问安的使者；晚上清凉的风，就是骨肉手足的慰语！"好弟弟！我喜爱而又感激你的满含着诗意的慰安的话！

出乎意外的又收到你赠我的历代名人词选，我喜欢到不可言说。父亲说恐怕我已有了，我原有一部古今词选，放在闭璧楼的书架上了。可恨我一写信要中国书，她们便有百般的阻拦推托。好像凡是中国书都是充满着艰深的哲理，一看就费人无限的脑力似的。

不忍十分的违反她们的好意，我终于反复的只看些从病院中带来的短诗了。我昨夜收到词选，珍重的一页一页的看着，一面想，难得我有个知心的小弟弟。

这部词，选得似乎稍偏于纤巧方面，错字也时时发现。但大体说起来，总算很好。

你问我去国前后，环境中诗意哪处更足？我无疑地要说，"自然是去国后！"在北京城里，不能晨夕与湖山相对，这是第一条件。再一事，就是客中的心情，似乎更容易融会诗句。

离开黄浦江岸，在太平洋舟中，青天碧海，独往独来之间，我常常忆起"海水直下万里深，谁人不言此离苦"两句。因为我无意中看到同舟众人，当倚阑俯视着船头飞溅的浪花的时候，眉宇间似乎都含着轻微的凄恻的意绪。

到了威尔斯利，慰冰湖更是我的惟一的良友。或是水边，或是水上，没有一天不到的。母亲寿辰的前一日，又到湖上去了，临水起了乡思，忽然忆起左辅的"浪淘沙"词：

> 水软橹声柔，草绿芳洲。碧桃几树隐红楼。者是春山魂一片，招入孤舟。乡梦不曾休，惹甚闲愁？忠州过了又涪州。掷与巴江流到海，切莫回头！

觉得情景悉合，随手拾起一片湖石，用小刀刻上："乡梦不曾休，惹甚闲愁？"两句，远远地抛入湖心里，自己便头也不回的走转来。这片小石，自那日起，我信它永在湖心，直到天地的尽头。只要湖水不枯，湖石不烂，我的一片寄托此中的乡心，也永古不能磨灭的！

美国人家，除城市外，往往依山傍水，小巧精致，窗外篱旁，杂种着花草，真合"是处人家，绿深门户"词意。只是没有围墙，空阔有余，深邃不足。路上行人，隔窗可望见翠袖红妆，可听见琴声笑语。词中之"斜阳却照深深院"，"庭院深深深几许"，"不卷珠帘，人在深深处"，"墙内秋千墙外道"，"银汉是红墙，一带遥相隔"等句，在此都用不着了！

田野间林深树密，道路也依着山地的高下，曲折蜿蜒的修来，天趣盎然。想春来野花遍地之时，必是更幽美的。只是逾山越岭的游行，再也看不见一带城墙僧寺。"曲径通幽处，禅房草木深"，"花宫仙梵远微微，月隐高城钟漏稀"，"一片孤城万仞山"，"饮将闷酒城头睡"，"长烟落日孤城闭"，"帘卷疏星庭户悄，隐隐严城钟鼓"等句，在此又都用不着了！

总之，在此处处是"新大陆"的意味，遍地看出鸿蒙初辟的痕迹。国内一片苍古庄严，虽然有的只是颓废剥落的城垣宫殿，却都令人起一种"仰首欲攀低首拜"之思，可爱可敬的五千年的故国呵！

回忆去夏南下，晨过苏州，火车与城墙并行数里。城内湿烟蒙蒙，护城河里系着小舟，层塔露出城头，竟是一幅图画。那我已想到出了国门，此景便不能再见了！

说到山中的生活，除了看书游山，与女伴谈笑之外，竟没有别的日课。我家灵运公的诗，如"寝瘵谢人徒，绝迹入云峰，岩壑寓耳目，欢爱隔音容"，以及"昔余游京华，未尝废丘壑，矧乃归山川，心迹双寂寞……卧疾丰暇豫，翰墨时间作，怀抱观古今，寝食展戏谑……万事难并欢，达生幸可托"等句，竟将我的生活描写尽了，我自己更不需多说！

又猛忆起杜甫的"思家步月清宵立，忆弟看云白日眠"和苏东坡的"因病得闲殊不恶，安心是药更无方"，对我此时生活而言，直是一字不可移易！青山满山是松，满地是雪，月下景物清幽到不可描画，晚餐后往往至楼前小立，寒光中自不免小起乡愁。又每日午后三时至五时是休息时间，白天里如何睡得着？自然只卧看天上云起，尤往往在此时复看家书，连带的忆到诸弟。——冰仲怕我病中不能多写通讯，岂知我病中较闲，心境亦较清，写的倒比平时多。又我自病后，未曾用一点药饵，真是"安心是药更无方"了。

多看古人句子，令自己少写好些。一面欣与古人契合，一面又有"恨不踊身千载上，趁古人未说吾先说"之叹。——说的已多了，都是你一部词选，引我掉了半天书袋，是谁之过呢？一笑！

青山真有美极的时候。二月七日，正是五天风雪之后，万株树上，都结上一层冰壳。早起极光明的朝阳从东方捧出，照得这些冰树玉枝，寒光激射。下楼微步雪林中曲折行来，偶然回顾，一身自冰玉丛中穿过。小楼一角，隐隐看见我的帘幕。虽然一般的高处不胜寒，而此琼楼玉宇，竟在人间，而非天上。

九日晨同女伴乘雪橇出游。双马飞驰，绕遍青山上下。一路林深处，冰枝拂衣，脆折有声。白雪压地，不见寸土，竟是洁无纤尘的世界。最美的是冰珠串结在野樱桃枝上，红白相间，晶莹向日，觉得人间珍宝，无此璀璨！

途中女伴遥指一发青山，在天末起伏。我忽然想真个离家远了，连青山一发，也不是中原了。此时忽觉悠然意远。——弟弟！我平日总想以"真"为写作的惟一条件，然而算起来，不但是去国以前的文字不"真"，就是去国以后的文字，也没有尽"真"的能事。

我深确的信不论是人情，是物景，到了"尽头"处，是万万说不出来，写不出来的。纵然几番提笔，几番欲说，而语言文字之间，只是搜寻不出配得上形容这些情绪景物的字眼，结果只是搁笔，只是无言。十分不甘泯没了这些情景时，只能随意描摹几个字，稍留些印象。甚至于不妨如古人之结绳记事一般，胡乱画几条墨线在纸上。只要他日再看到这些墨迹时，能在模糊缥缈的意境之中，重现了一番往事，已经是满足有余的了。

去国以前，文字多于情绪。去国以后，情绪多于文字。环境虽常是清丽可写，而我往往写不出。辛幼安的一支"罗敷媚"说：

"少年不识愁滋味，爱上层楼，爱上层楼，为赋新词强说愁。而今识得愁滋味，欲说还休，欲说还休，却道天凉好个秋。"

真看得我寂然心死。他虽只说"愁"字，然已盖尽了其他种种一切！——真不知文字情绪不能互相表现的苦处，受者只有我一个人，或是人人都如此？

北京谚语说："八月十五云遮月，正月十五雪打灯。"去年中秋，此地不曾有月。阴历十四夜，月光灿然。我正想东方谚语，不能适用于西方天象，谁知元宵夜果然雨雪霏霏。十八夜以后，夜夜梦醒见月。只觉空明的枕上，梦与月相续。最好是近两夜，醒时将近黎明，天色碧蓝，一弦金色的月，不远对着弦月凹处，悬着一颗大星。万里无云的天上，只有一星一月，光景真是奇丽。

元夜如何？——听说醉司命夜，家宴席上，母亲想我难过，你们几个兄弟倒会一人一句的笑话慰藉，真是灯草也成了拄杖了！喜笑之余，并此感谢。

纸已尽，不多谈。——此信我以为不妨转小朋友一阅。

冰 心
一九二四年三月一日，沙穰。

通讯十七

小朋友：

健康来复的路上，不幸多歧，这几十天来懒得很；雨后偶然看见几朵浓黄的蒲公英，在匀整的草坡上闪烁，不禁又忆起一件事。

一月十九晨，是雪后浓阴的天。我早起游山，忽然在积雪中，看见了七八朵大开的蒲公英。我俯身摘下握在手里，——真不知这平凡的草卉，竟与梅菊一样的耐寒。我回到楼上，用条黄丝带将这几朵缀将起来，编成王冠的形式。人家问我做什么，我说："我要为我的女王加冕。"说着就随便的给一个女孩子戴上了。

大家欢笑声中，我只无言的卧在床上——我不是为女王加冕，竟是为蒲公英加冕了。蒲公英虽是我最熟识的一种草花，但从来是被人轻忽，从来是不上美人头的。今日因着情不可却，我竟让她在美人头上，照耀了几点钟。

蒲公英是黄色,叠瓣的花,很带着菊花的神意,但我也不曾偏爱她。我对于花卉是普遍的爱怜。虽有时不免喜欢玫瑰的浓郁,和桂花的清远,而在我忧来无方的时候,玫瑰和桂花也一样的成粪土。在我心情怡悦的一刹那顷,高贵清华的菊花,也不能和我手中的蒲公英来占夺位置。

世上的一切事物,只是百千万面大大小小的镜子,重叠对照,反射又反射;于是世上有了这许多璀璨辉煌,虹影般的光彩。没有蒲公英,显不出雏菊,没有平凡,显不出超绝。而且不能因为大家都爱雏菊,世上便消灭了蒲公英;不能因为大家都敬礼超人,世上便消灭了庸碌。即使这一切都能因着世人的爱憎而生灭,只恐到了满山满谷都是菊花和超人的时候,菊花的价值,反不如蒲公英,超人的价值,反不及庸碌了。

所以世上一物有一物的长处,一人有一人的价值。我不能偏爱,也不肯偏憎。悟到万物相衬托的理,我只愿我心如水,处处相平。我愿菊花在我眼中,消失了她的富丽堂皇,蒲公英也解除了她的局促羞涩,博爱的极端,翻成淡漠。但这种普遍淡漠的心,除了博爱的小朋友,有谁知道?

书到此,高天萧然,楼上风紧得很,再谈了,我的小朋友!

冰　心
一九二四年五月九日,沙穰疗养院。

通讯二十六

小朋友:

病中,静中,雨中,是我最易动笔的时候;病中心绪惆怅,静中心绪清新,雨中心绪沉潜,随便的拿起笔来,都能写出好些话。

一夏的"云游",刚告休息。此时窗外微雨,坐守着一炉微火。看书看到心烦,索性将立在椅旁的电灯也捻灭了下去。炉里的木柴,爆裂得息息的响着,火花飞上裙缘。——小朋友!就是这百无聊赖,雨中静中的情绪,勉强了久不修书的我,又来在纸上和你们相见。

暑前六月十八日晨,阴,匆匆的将屋里几盆花草,移栽在树下。殷勤拜托了自然的风雨,替我将护着这一年来案旁伴读的花儿。安顿了惜花心事之后,一天一夜的火车,便将我送到银湾(Silver Bay)去。

银湾之名甚韵!往往使我忆起纳兰成德"盈盈从此隔银湾,便无风雪也摧残"之句。入湾之顷,舟上看乔治湖(Lake George)两岸青山,层层转翠。小岛上立着丛树,绿意将倦人唤醒起来。银湾渐渐来到了眼前!黑岭(Black mountains)高得很,乔治湖又极浩大,山脚下涛声如吼之中,银湾竟有芝罘的风味。

到后寄友人书,曾有"盛名之下,其实难副,人犹如此,地何以堪?你们将银湾比了乐园,周游之下,我只觉索然!"之语。致她来信说我"诗人结习未除,幻想太高"。实则我曾经沧海,银湾似芝罘,而伟大不足,反不如慰冰及绮色佳,深幽妩媚,别具风格,能以动我之爱悦与恋慕。

且将"成见"撇在一边,来叙述银湾的美景。河亭(Brook Pavilion)建在湖岸远伸处,三面是水。早起在那里读诗,水声似乎和着诗韵。山雨欲来,湖上漫漫飞卷的白云,亭中尤其看得真切。大雨初过,湖净如镜,山青如洗。云隙中霞光灿然四射,穿入水里,天光水影,一片融化在彩虹里,看不分明。光景的奇丽,是诗人画工,都不能描写得到的!

在不系舟上作书,我最喜爱,可惜并没有工夫做。只二十六日下午，在白浪推拥中，独自泛舟到对岸，写了几行。湖水泱泱，往返十里。回来风势大得很，舟儿起落之顷，竟将写好的一张纸，吹没在湖中。迎潮上下时，因着能力的反应，自己觉得很得意，而运桨的两臂，回来后隐隐作痛。

十天之后，又到了绮色佳（Ithaca）。

绮色佳真美！美处在深幽。喻人如隐士，喻季候如秋，喻花如菊。与泉相近，是生平第一次，新颖得很！林中行来，处处傍深涧。睡梦里也听着泉声！六十日的寄居，无时不有"百感都随流水去，一身还被浮名束"这两句，萦回于我的脑海！

在曲折跃下层岩的泉水旁读子书。会心处，悦意处，不是人世言语所能传达。——此外替美国人上了一夏天的坟，绮色佳四五处坟园我都游遍了！这种地方，深沉幽邃，是哲学的，是使人勘破生死观的。我一星期中至少去三次，抚着碑碣，摘去残花，我觉得墓中人很安适的，不知墓中人以我为如何？

刻尤佳湖（Lake Cauaga）为绮色佳名胜之一，也常常在那里泛舟。湖大得很，明媚处较慰冰不如，从略。

八月二十八日，游尼革拉大瀑布（Niagara Falls）。三姊妹岩旁，银涛卷地而来，奔下马蹄岩，直向涡池而去。汹涌的泉涛，藏在微波缓流之下。我乘着小船雾姝号（The maid of mist）直到瀑底。仰望美利坚坎拿大两片大泉，坠云搓絮般的奔注！夕阳下水影深蓝，岩石碎迸，水珠打击着头面。泉雷声中，心神悚动！绮色佳之深邃温柔，幸受此万丈冰泉，洗涤冲荡。月下夜归，恍然若失！

九月二日，雨中到雪拉鸠斯（Syracuse），赴美东中国学生年会。本年会题，是"国家主义与中国"，大家很鼓吹了一下。

年会中忙过十天，又回到波士顿来。十四夜心随车驰，看见了波士顿南站灿然的灯光，九十日的幻梦，恍然惊觉……

夜已深，楼上主人促眠。窗外雨仍不止。异乡的虫声在凄凄的叫着。万里外我敬与小朋友道晚安！

冰 心

一九二五年九月十七日夜，默特佛。

通讯二十七

小读者：

无端应了惠登大学（Wheaton College）之招，前天下午到梦野（Mansfield）去。

到了车站，看了车表，才知从波士顿到梦野是要经过沙穰的，我忽然起了无名的怅惘！

我离院后回到沙穰去看病友已有两次。每次都是很惘然，心中很怯，静默中强作微笑。看见道旁的落叶与枯枝，似乎一枝一叶都予我以"转战"的回忆！这次不直到沙穰去，态度似乎较客观些，而感喟仍是不免！我记得以前从医院的廊上，遥遥的能看见从林隙中穿过的白烟一线的火车。我记住地点，凝神远望，果然看见雪白的楼瓦，斜阳中映衬得如同琼宫玉宇一般……

清晨七时从梦野回来，车上又瞥见了！早春的天气，朝阳正暖，候鸟初来。我记得前年此日，山路上我的飘扬的春衣！那时是怎样的止水停云般的心情呵！

小朋友！一病算得什么？便值得这样的惊心？我常常这般的问着自己。然而我的多年不见的朋友，都说我改了。虽说不出不同处在哪里，而病前病后却是迥若两人。假如这是真的呢？是幸还是不幸，似乎还值得低徊罢！

昨天回来后，休息之余，心中只怅怅的，念不下书去。夜中灯下翻出病中和你们通讯来看。小朋友,我以一身兼作了得胜者与失败者,两重悲哀之中,我觉得我禁不住有许多欲说的话!

看见过力士搏狮么?当他屏息负隅,张空拳于狰狞的爪牙之下的时候,他虽有震恐,虽有狂傲,但他决不暇有萧瑟与悲哀。等到一阵神力用过,倏忽中掷此百兽之王于死的铁门之内以后,他神志昏瞶的抱头颓坐。在春雷般的欢呼声中,他无力的抬起眼来,看见了在他身旁鬣毛森张,似余残喘的巨物。我信他必忽然起了一阵难禁的战栗,他的全身没在微弱与寂寞的海里!

一败涂地的拿破仑,重过滑铁卢,不必说他有无限的忿激,太息与激昂!然而他的激感,是狂涌而不是深微,是一个人都可抵挡得住。而建了不世之功,退老闲居的惠灵吞,日暮出游,驱车到此战争旧地,他也有一番激感!他仿佛中起了苍茫的怅惘,无主的伤神。斜阳下独立,这白发盈头的老将,在百番转战之后,竟受不住这闲却健儿身手的无边萧瑟!悲哀,得胜者的悲哀呵!

小朋友,与病魔奋战期中的我,是怎样的勇敢与喜乐!我作小孩子,我作 Eskimo,我"足踏枯枝,静听着树叶微语",我"试揭自然的帘幕,蹑足走入仙宫"。如今呢,往事都成陈迹!我"终日矜持",我"低头学绣",我"如同缓流的水,半年来无有声响"。是的呵,"一回到健康道上,世事已接踵而来"!虽然我曾应许"我至爱的母亲"说:"我既绝对的认识了生命,我便愿低首去领略。我便愿遍尝了人生中之各趣;人生中之各趣,我便愿遍尝!——我甘心乐意以别的泪与病的血为贽,推开了生命的宫门。"我又应许小朋友说:"领略人生,要如滚针毡,用血肉之躯去遍挨遍尝,要它针针见血!……来日方长,我所能告诉小朋友的,将来或不止此。"而针针见血的生命中之各趣,是须用一片一片天真的童心去换来的。互相叠积传递之间,我还不知要预备下多少怯弱与惊惶的代价！我改了，为了小朋友与我至爱的母亲，我十分情愿屈服于生命的权威之下。然而我愿小朋友倾耳听一听这弱者，失败者的悲哀！

在我热情忠实的小朋友面前，略消了我胸中块垒之后，我愿报告小朋友一个大家欢喜的消息。这时我的母亲正在东半球数着月亮呢！再经过四次月圆，我又可在母亲怀里，便是小朋友也不必耐心的读我一月前，明日黄花的手书了！我是如何的喜欢呵！

小朋友，我觉得对不起！我又以悱恻的思想，贡献给你们。然而我的"诗的女神"只是一个

满蕴着温柔，
微带着忧愁

的，就让她这样的抒写也好。

敬祝你们的喜乐与健康！

冰　心

一九二六年三月十二日，娜安辟迦楼。

通讯二十九

最亲爱的小读者：

我回家了！这"回家"二字中我迸出了感谢与欢欣之泪！三年在外的光阴，回想起来，曾不如流波之一瞥。我写这信的时候，小弟冰季守在旁边。窗外，红的是夹竹桃，绿的是杨柳枝，衬以北京的蔚蓝透彻的天。故乡的景物，一一回到眼前来了！

小朋友！你若是不曾离开中国北方，不曾离开到三年之久，

你不会赞叹欣赏北方蔚蓝的天！清晨起来，揭帘外望，这一片海波似的青空，有一两堆洁白的云，疏疏的来往着，柳叶儿在晓风中摇曳，整个的送给你一丝丝凉意。你觉得这一种"冷处浓"的幽幽的乡情，是异国他乡所万尝不到的！假如你是一个情感较重的人，你会兴起一种似欢喜非欢喜，似怅惘非怅惘的情绪。站着痴望了一会子，你也许会流下无主，皈依之泪！

在异国，我只遇见了两次这种的云影天光。一次是前年夏日在新汉寿（New Hampshire）白岭之巅。我午睡乍醒，得了英伦朋友的一封书，是一封充满了友情别意，并描写牛津景物写到引人入梦的书。我心中杂糅着怅惘与欢悦，带着这信走上山巅去，猛然见了那异国的蓝海似的天！四围山色之中，这油然一碧的天空，充满了一切。漫天匝地的斜阳，酿出西边天际一两抹的绛红深紫。这颜色须臾万变，而银灰，而鱼肚白，倏然间又转成灿然的黄金。万山沉寂，因着这奇丽的天末的变幻，似乎太空有声！如波涌，如鸟鸣，如风啸，我似乎听到了那夕阳下落的声音。这时我骤然间觉得弱小的心灵被这伟大的印象，升举到高空，又倏然间被压落在海底！我觉出了造化的庄严，一身之幼稚，病后的我，在这四周艳射的景象中，竟伏于纤草之上，呜咽不止！

还有一次是今年春天，在华京（Washington. D. C.）之一晚。我从枯冷的纽约城南行，在华京把"春"寻到！在和风中我坐近窗户，那时已是傍晚，这国家妇女会（National Women's Party）舍，正对着国会的白楼。半日倦旅的眼睛，被这楼后的青天唤醒！海外的小朋友！请你们饶恕我，在我倏忽的惊叹了国会的白楼之前，两年半美国之寄居，我不曾觉出她是一个庄严的国度！

这白楼在半天矗立着，如同一座玲珑洞开的仙阁。被楼旁的强力灯逼射着，更显得出那楼后的青空。两旁也是伟大的白石楼舍。楼前是极宽阔的白石街道。雪白的球灯，整齐的映照着。路上行人，都在那伟大的景物中，寂然无声。这种天国似的静默，是我到美国以来第一次寻到的。我寻到了华京与北京相同之点了！

我突起的乡思，如同一个波澜怒翻的海！把椅子推开，走下这一座万静的高楼，直向大图书馆走去。路上我觉得有说不出的愉快与自由。杨柳的新绿，摇曳着初春的晚风。熟客似的，我走入大阅书室，在那里写着日记。写着忽然忆起陆放翁的"唤作主人原是客，知非吾土强登楼"的两句诗来。细细咀嚼这"唤"字和"强"字的意思，我的意兴渐渐的萧索了起来！

我合上书，又洋洋的走了出去。出门来一天星斗。我长吁一口气。——看见路旁一辆手推的篷车，一个黑人在叫卖炒花生栗子。我从病后是不吃零食的，那时忽然走上前去，买了两包。那灯下黝黑的脸，向我很和气的一笑，又把我强寻的乡梦搅断！我何尝要吃花生栗子？无非要强以华京作北京而已！

写到此我腕弱了，小朋友，我觉得不好意思告诉你们，我回来后又一病逾旬，今晨是第一次写长信。我行程中本已憔悴困顿，到家后心里一松，病魔便乘机而起。我原不算是十分多病的人，不知为何，自和你们通讯，我生涯中便病忙相杂，这是怎么说的呢！

故国的新秋来了。新愈的我，觉得有喜悦的萧瑟！还有许多话，留着以后说罢，好在如今我离着你们近了！

你热情忠实的朋友，在此祝你们的喜乐！

冰　心

一九二六年八月三十一日，圆恩寺。

（收入通讯集《寄小读者》，北新书局1926年5月初版）

第二辑

诗　歌

诗的女神

她在窗外悄悄的立着呢!
帘儿吹动了——
窗内,
窗外,
在这一刹那顷,
忽地都成了无边的静寂。

看呵,
是这般的:
满蕴着温柔,
微带着忧愁,
欲语又停留。

夜已深了,
人已静了,
屋里只有花和我,
请进来罢!

只这般的凝立着么?

量我怎配迎接你？
诗的女神呵！
还求你只这般的，
经过无数深思的人的窗外。

        一九二一年十二月九日。
    （原载 1921 年 12 月 24 日《晨报副镌》）

谢"思想"

　　只能说一声辜负你,
　　思想呵!
　　　任你怒潮般卷来,
　　　　又轻烟般散去。

　　沉想中,
　　凝眸里,
　　　只这一束残花,
　　　　几张碎纸,
　　都深深的受了你的赠与。
　　也曾几度思量过,
　　难道是时间不容?
　　难道是我自己心情倦慵?
　　便听凭你
　　　乘兴而来,
　　　　无聊又去。

　　还是你充满了
　　　无边微妙,

无限神奇；
只答我心中膜拜。
难役使世间的语言文字
　　说与旁人？
　　思想呵！
　　无可奈何，
　　只能辜负你，
这枝不听命的笔儿
难将你我连在一起。

　　　　　　　十二，二九，一九二一
　　　　（原载1922年1月14日《时事新报·学灯》）

繁　星

自　序

　　一九一九年的冬夜,和弟弟冰仲围炉读泰戈尔(R. Tagore)的《迷途之鸟》(Stray Birds),冰仲和我说:"你不是常说有时思想太零碎了,不容易写成篇段么?其实也可以这样的收集起来。"从那时起,我有时就记下在一个小本子里。

　　一九二〇年的夏日,二弟冰叔从书堆里,又翻出这小本子来。他重新看了,又写了"繁星"两个字,在第一页上。

　　一九二一年的秋日,小弟弟冰季说:"姊姊!你这些小故事,也可以印在纸上么?"我就写下末一段,将它发表了。两年前零碎的思想,经过三个小孩子的鉴定。《繁星》的序言,就是这个。

冰心

一九二一年九月一日。

一

繁星闪烁着——
　深蓝的太空,
　何曾听得见它们对语?
沉默中,
　微光里,
　　它们深深的互相颂赞了。

二

童年呵!
是梦中的真,
　　是真中的梦,
　　是回忆时含泪的微笑。

三

万顷的颤动——
　深黑的岛边,
　　月儿上来了。
生之源,
　死之所!

四

小弟弟呵!
我灵魂中三颗光明喜乐的星。
温柔的,
　无可言说的,
　　灵魂深处的孩子呵!

五

黑暗,
　怎样的描画呢?
心灵的深深处,
　宇宙的深深处,
　　灿烂光中的休息处。

六

镜子——
　对面照着,
反而觉得不自然,
　不如翻转过去好。

七

醒着的,

只有孤愤的人罢！
听声声算命的锣儿，
　　敲破世人的命运。

八

残花缀在繁枝上；
鸟儿飞去了，
　　撒得落红满地——
　　　　生命也是这般的一瞥么？

九

梦儿是最瞒不过的呵，
清清楚楚的，
　　诚诚实实的，
　　　　告诉了
你自己灵魂里的密意和隐忧。

一〇

嫩绿的芽儿，
　　和青年说：
"发展你自己！"

淡白的花儿，
　　和青年说：

"贡献你自己！"

深红的果儿，
　　和青年说：
"牺牲你自己！"

　　　一一

无限的神秘，
　　何处寻它？
微笑之后，
　　言语之前，
　　　　便是无限的神秘了。

　　　一二

人类呵！
相爱罢，
　　我们都是长行的旅客，
　　　　向着同一的归宿。

　　　一三

一角的城墙，
　　蔚蓝的天，
　　　极目的苍茫无际——
　　　　即此便是天上——人间。

十四

我们都是自然的婴儿,
　卧在宇宙的摇篮里。

一五

小孩子!
你可以进我的园,
　你不要摘我的花——
看玫瑰的刺儿,
　刺伤了你的手。

一六

青年人呵!
为着后来的回忆,
　小心着意的描你现在的图画。

一七

我的朋友!
为什么说我"默默"呢?
世间原有些作为,
　超乎语言文字以外。

一八

文学家呵！
着意的撒下你的种子去，
　　随时随地要发现你的果实。

一九

我的心，
　　孤舟似的，
　　　　穿过了起伏不定的时间的海。

二〇

幸福的花枝，
　　在命运的神的手里，
　　　　寻觅着要付与完全的人。

二一

窗外的琴弦拨动了，
　　我的心呵！
怎只深深的绕在余音里？
是无限的树声，
　　是无限的月明。

二二

生离——
　　是朦胧的月日,
死别——
　　是憔悴的落花。

二三

心灵的灯,
　　在寂静中光明,
　　　　在热闹中熄灭。

二四

向日葵对那些未见过白莲的人,
　　承认他们是最好的朋友。
白莲出水了,
　　向日葵低下头了:
她亭亭的傲骨,
　　分别了自己。

二五

死呵!
起来颂扬它;

是沉默的终归,
　　是永远的安息。

二六

高峻的山巅,
　　深阔的海上——
是冰冷的心,
　　是热烈的泪;
可怜微小的人呵!

二七

诗人,
　　是世界幻想上最大的快乐,
　　也是事实中最深的失望。

二八

故乡的海波呵!
你那飞溅的浪花,
从前怎样一滴一滴的敲我的磐石,
　　现在也怎样一滴一滴的敲我的心弦。

二九

我的朋友,

对不住你；
我所能付与的慰安，
　　只是严冷的微笑。

　　　　三〇

光阴难道就这般的过去么？
除却缥缈的思想之外，
　　一事无成！

　　　　三一

文学家是最不情的——
　　人们的泪珠，
　　　便是他的收成。

　　　　三二

玫瑰花的刺，
　　是攀摘的人的嗔恨，
　　是她自己的慰乐。

　　　　三三

母亲呵！
撇开你的忧愁，
　　容我沉酣在你的怀里，

只有你是我灵魂的安顿。

三四

创造新陆地的,
　　不是那滚滚的波浪,
　　却是它底下细小的泥沙。

三五

万千的天使,
　　要起来歌颂小孩子;
小孩子!
他细小的身躯里,
　　含着伟大的灵魂。

三六

阳光穿进石隙里,
　　和极小的刺果说:
"借我的力量伸出头来罢,
　　解放了你幽囚的自己!"

树干儿穿出来了,
坚固的磐石,
裂成两半了。

三七

艺术家呵!
你和世人,
　难道终久的隔着一重光明之雾?

三八

井栏上,
　听潺潺山下的河流——
　　　料峭的天风,
　　　　吹着头发;
天边——地上,
　一回头又添了几颗光明,
　是星儿,
　还是灯儿?

三九

梦初醒处,
　山下几叠的云衾里,
　　瞥见了光明的她。
朝阳呵!
临别的你,
　已是堪怜,
　　怎似如今重见!

四〇

我的朋友!
你不要轻信我,
　　贻你以无限的烦恼,
　　　　我只是受思潮驱使的弱者呵!

四一

夜已深了,
　　我的心门要开着——
一个浮踪的旅客,
　　思想的神,
　　　　在不意中要临到了。

四二

云彩在天空中,
　　人在地面上——
思想被事实禁锢住,
便是一切苦痛的根源。

四三

真理,
　　在婴儿的沉默中,

不在聪明人的辩论里。

四四

自然呵！
请你容我只问一句话，
　一句郑重的话：
"我不曾错解了你么？"

四五

言论的花儿
　开得愈大，
行为的果子
　结得愈小。

四六

松枝上的蜡烛，
　依旧照着罢！
反复的调儿，
　再弹一阕罢！
等候着，
　远别的弟弟，
　　从夜色里要到门前了。

四七

儿时的朋友:
海波呵,
　　山影呵,
　　　　灿烂的晚霞呵,
　　　　　　悲壮的喇叭呵;
我们如今是疏远了么?

四八

弱小的草呵!
骄傲些罢,
　　只有你普遍的装点了世界。

四九

零碎的诗句,
　　是学海中的一点浪花罢;
然而它们是光明闪烁的,
　　繁星般嵌在心灵的天空里。

五〇

不恒的情绪,
　　要迎接它么?

它能涌出意外的思潮,
要创造神奇的文字。

五一

常人的批评和断定,
　　好象一群瞎子,
　　　　在云外推测着月明。

五二

轨道旁的花儿和石子!
只这一秒的时间里,
我和你
　　是无限之生中的偶遇,
　　　　也是无限之生中的永别;
再来时,
万千同类中,
　　何处更寻你?

五三

我的心呵!
警醒着,
　　不要卷在虚无的旋涡里!

五四

我的朋友！
起来罢，
　晨光来了，
　　要洗你的隔夜的灵魂。

五五

成功的花。
　人们只惊慕她现时的明艳！
　　然而当初她的芽儿，
　　浸透了奋斗的泪泉，
　　洒遍了牺牲的血雨。

五六

夜中的雨，
　丝丝的织就了诗人的情绪。

五七

冷静的心，
　在任何环境里，
　都能建立了更深微的世界。

五八

不要羡慕小孩子,
　他们的知识都在后头呢,
　　烦闷也已经隐隐的来了。

五九

谁信一个小"心"的呜咽,
　颤动了世界?
然而它是灵魂海中的一滴。

六〇

轻云淡月的影里,
　风吹树梢——
　　你要在那时创造你的人格。

六一

风呵!
不要吹灭我手中的蜡烛,
　我的家还在这黑暗长途的尽处。

六二

最沉默的一刹那顷,
　是提笔之后,
　　下笔之前。

六三

指点我罢,
　我的朋友!
我是横海的燕子,
　要寻觅隔水的窝巢。

六四

聪明人!
要提防的是:
忧郁时的文字,
　愉快时的言语。

六五

造物者呵!
谁能追踪你的笔意呢?
百千万幅图画,
　每晚窗外的落日。

六六

深林里的黄昏,
　　是第一次么?
又好似是几时经历过。

六七

渔娃!
可知道世人羡慕你?
终身的生涯,
　　是在万顷柔波之上。

六八

诗人呵!
缄默罢;
写不出来的,
　　是绝对的美。

六九

春天的早晨,
　　怎样的可爱呢!
融冶的风,
　　飘扬的衣袖,

静悄的心情。

七〇

空中的鸟!
何必和笼里的同伴争噪呢?
你自有你的天地。

七一

这些事——
　　这永不漫灭的回忆;
月明的园中
　　藤萝的叶下,
　　　　母亲的膝上。

七二

西山呵!
别了!
我不忍离开你,
　　但我苦忆我的母亲。

七三

无聊的文字,
　　抛在炉里,

也化作无聊的火光。

七四

婴儿，
是伟大的诗人，
　　在不完全的言语中，
　　吐出最完全的诗句。

七五

父亲呵！
出来坐在月明里，
　　我要听你说你的海。

七六

月明之夜的梦呵！
远呢？
近呢？
但我们只这般不言语，
听——听
这微击心弦的声！
眼前光雾万重，
　　柔波如醉呵！
沉——沉。

七七

小磐石呵,
坚固些罢,
　　准备着前后相催的波浪!

七八

真正的同情,
　　在忧愁的时候,
　　不在快乐的期间。

七九

早晨的波浪,
　　已经过去了;
晚来的潮水,
　　又是一般的声音。

八〇

母亲呵!
我的头发,
　　披在你的膝上,
　　　　这就是你付与我的万缕柔丝。

八一

深夜!
请你容疲乏的我,
　　放下笔来,
　　　　和你有少时寂静的接触。

八二

这问题很难回答呵,
　　我的朋友!
什么可以点缀了你的生活?

八三

小弟弟!
你恼我么?
灯影下,
　　我只管以无稽的故事,
　　　　来骗取你,
绯红的笑颊,
　　凝注的双眸。

八四

寂寞呵!

多少心灵的舟，
　　在你软光中浮泛。

八五

父亲呵！
我愿意我的心，
　　象你的佩刀，
　　　　这般的寒生秋水！

八六

月儿越近，
　　影儿越浓，
　　　　生命也是这般的真实么？

八七

知识的海中，
　　神秘的礁石上，
　　　　处处闪烁着怀疑的灯光呢。
感谢你指示我，
　　生命的舟难行的路！

八八

冠冕？

是暂时的光辉,
　　是永久的束缚。

八九

花儿低低的对看花的人说:
"少顾念我罢,
　　我的朋友!
让我自己安静着,
　　开放着,
　　　你们的爱
是我的烦扰。"

九〇

坐久了,
　　推窗看海罢!
将无边感慨,
　　都付与天际微波。

九一

命运!
难道聪明也抵抗不了你?
生——死
　　都挟带着你的权威。

九二

朝露还串珠般呢!
去也——
  风冷衣单
    何曾入到烦乱的心?
朦胧里数着晓星,
  怪驴儿太慢,
    山道太长——
梦儿欺枉了我,
  母亲何曾病了?
归来也——
  辔儿缓了,
    阳光正好,
      野花如笑;
看朦胧晓色,
  隐着山门。

九三

我的心呵!
是你驱使我呢,
  还是我驱使你?

九四

我知道了,
　　时间呵!
你正一分一分的,
　　消磨我青年的光阴!

九五

人从枝上折下花儿来,
　　供在瓶里——
　　　到结果的时候,
　　却对着空枝叹息。

九六

影儿落在水里,
　　句儿落在心里,
　　　都一般无痕迹。

九七

是真的么?
人的心只是一个琴匣,
　　不住的唱着反复的音调!

九八

青年人!
信你自己罢!
只有你自己是真实的,
　也只有你能创造你自己。

九九

我们是生在海舟上的婴儿,
　不知道
先从何处来,
　要向何处去。

一〇〇

夜半——
　宇宙的睡梦正浓呢!
独醒的我,
　可是梦中的人物?

一〇一

弟弟呵!
似乎我不应勉强着愁嬉的你,
　来平分我孤寂的时间。

　　　　一○二

小小的花,
　　也想抬起头来,
　　　　感谢春光的爱——
然而深厚的恩慈,
　　反使她终于沉默。
母亲呵!
你是那春光么?

　　　　一○三

时间!
现在的我,
　　太对不住你么?
然而我所抛撇的是暂时的,
　　我所寻求的是永远的。

　　　　一○四

窗外人说桂花开了,
　　总引起清绝的回忆;
一年一度,
　　中秋节的前三日。

一〇五

灯呵!
感谢你忽然灭了:
在不思索的挥写里,
替我匀出了思索的时间。

一〇六

老年人对小孩子说:
"流泪罢,
　　叹息罢,
　　　　世界多么无味呵!"
小孩子笑着说:
"饶恕我,
　　先生!
我不会设想我所未经过的事。"
小孩子对老年人说:
"笑罢,
　跳罢,
　　　世界多么有趣呵!"
老年人叹着说:
"原谅我,
　　孩子!
我不忍回忆我所已经过的事。"

一○七

我的朋友！
珍重些罢，
　　不要把心灵中的珠儿，
　　　　抛在难起波澜的大海里。

一○八

心是冷的，
　　泪是热的；
心——凝固了世界，
　　泪——温柔了世界。

一○九

漫天的思想，
　　收合了来罢！
你的中心点，
　　你的结晶，
　　　　要作我的南针。

一一○

青年人呵！
你要和老年人比起来，

就知道你的烦闷,
　　是温柔的。

一一一

太单调了么?
琴儿,
　　我原谅你!
你的弦,
　　本弹不出笛儿的声音。

一一二

古人呵!
你已经欺哄了我,
　　不要引导我再欺哄后人。

一一三

父亲呵!
我怎样的爱你,
　　也怎样爱你的海。

一一四

"家"是什么,
　　我不知道;

但烦闷——忧愁,
　　都在此中融化消灭。

一一五

笔在手里,
句在心里,
　　只是百无安顿处——
　　远远地却引起钟声!

一一六

海波不住的问着岩石,
　　岩石永久沉默着不曾回答;
然而它这沉默,
　　已经过百千万回的思索。

一一七

小茅棚,
　　菊花的顶子——
　　　在那里
　　　要感出宇宙的独立!

一一八

故乡!

何堪遥望,
何时归去呢?
白发的祖父,
　　不在我们的园里了!

一一九

谢谢你,
　　我的琴儿!
月明人静中,
　　为我颂赞了自然。

一二〇

母亲呵!
这零碎的篇儿,
　　你能看一看么?
这些字,
　　在没有我以前,
　　　　已隐藏在你的心怀里。

一二一

露珠,
　　宁可在深夜中,
　　　　和寒花作伴——
　　却不容那灿烂的朝阳,

给她丝毫暖意。

一二二

我的朋友！
真理是什么，
　　感谢你指示我；
然而我的问题，
　　不容人来解答。

一二三

天上的玫瑰，
　　红到梦魂里；
天上的松枝，
　　青到梦魂里；
天上的文字，
　　　却写不到梦魂里。

一二四

"缺憾"呵！
"完全"需要你，
　在无数的你中，
　　　衬托出它来。

一二五

蜜蜂,
　　是能融化的作家;
从百花里吸出不同的香汁来,
　　酿成它独创的甜蜜。

一二六

荡漾的,是小舟么?
青翠的,是岛山么?
蔚蓝的,是大海么?
我的朋友!
重来的我,
　　何忍怀疑你,
　　　　只因我屡次受了梦儿的欺枉。

一二七

流星,
　　飞走天空,
　　　　可能有一秒时的凝望?
然而这一瞥的光明,
　　已长久遗留在人的心怀里。

一二八

澎湃的海涛,
　沉黑的山影——
　夜已深了,
　　不出去罢。
看呵!
一星灯火里,
　军人的父亲,
　　独立在旗台上。

一二九

倘若世间没有风和雨,
　这枝上繁花,
　　又归何处?
只惹得人心生烦厌。

一三〇

希望那无希望的事实,
　解答那难解答的问题,
　　便是青年的自杀!

一三一

大海呵,
　哪一颗星没有光?
　哪一朵花没有香?
　哪一次我的思潮里
　　没有你波涛的清响?

一三二

我的心呵!
你昨天告诉我,
　世界是欢乐的;
今天又告诉我,
　世界是失望的;
明天的言语,
　　又是什么?
教我如何相信你!

一三三

我的朋友!
未免太忧愁了么?
"死"的泉水,
　是笔尖下最后的一滴。

一三四

怎能忘却？
夏之夜，
　明月下，
幽栏独倚。
粉红的莲花，
　深绿的荷盖，
　　缟白的衣裳！

一三五

我的朋友！
你曾登过高山么？
你曾临过大海么？
在那里，
　是否只有寂寥？
　只有"自然"无语？
你的心中
　是欢愉还是凄楚？

一三六

风雨后——
　花儿的芬芳过去了，
　　花儿的颜色过去了，

果儿沉默的在枝上悬着。
花的价值,
　　要因着果儿而定了!

一三七

聪明人,
抛弃你手里幻想的花罢!
她只是虚无缥缈的,
　　反分却你眼底春光。

一三八

夏之夜,
　　凉风起了!
　　　襟上兰花气息,
　　　绕到梦魂深处。

一三九

虽然为着影儿相印:
我的朋友!
　　你宁可对模糊的镜子,
　　不要照澄澈的深潭,
　　　　她是属于自然的!

一四〇

小小的命运，
　　每日的转移青年；
命运是觉得有趣了，
　　然而青年多么可怜呵！

一四一

思想，
　　只容心中游漾。
刚拿起笔来，
　　神趣便飞去了。

一四二

一夜——
　　听窗外风声。
　　　　可知道寄身山巅？
烛影摇摇，
　　影儿怎的这般清冷？
似这般山河如墨，
　　只是无眠——

一四三

　　心潮向后涌着，
　　　　时间向前走着；
青年的烦闷，
　　便在这交流的旋涡里。

一四四

阶边，
　　花底，
　　　　微风吹着发儿，
　　　　　　是冷也何曾冷！
这古院——
　　这黄昏——
　　这丝丝诗意——
　　　　绕住了斜阳和我。

一四五

心弦呵！
弹起来罢——
　　让记忆的女神，
　　　　和着你调儿跳舞。

一四六

文字,
　开了矫情的水闸;
听同情的泉水,
　深深地交流。

一四七

将来,
　明媚的湖光里,
　　可有个矗立的碑?
怎敢这般沉默着——想。

一四八

只这一枝笔儿;
拿得起,
　放得下,
　　便是无限的自然!

一四九

无月的中秋夜,
　是怎样的耐人寻味呢!
隔着层云,

隐着清光。

一五〇

独坐——
　　山下湿云起了，
　　更隔院断续的清磬。
这样黄昏，
　　这般微雨，
　　　　只做就些儿惆怅！

一五一

智慧的女儿！
　　向前迎住罢，
"烦闷"来了，
　　要败坏你永久的工程。

一五二

我的朋友！
不要任凭文字困苦你；
文字是人做的，
　　人不是文字做的！

一五三

是怜爱，
　　是温柔，
　　　　是忧愁——
这仰天的慈像，
　　融化了我冻结的心泉。

一五四

总怕听天外的翅声——
小小的鸟呵！
羽翼长成，
　　你要飞向何处？

一五五

白的花胜似绿的叶，
　　浓的酒不如淡的茶。

一五六

清晓的江头，
　　白雾蒙蒙，
是江南天气，
　　雨儿来了——

我只知道有蔚蓝的海，
却原来还有碧绿的江，
　　这是我父母之乡！

一五七

因着世人的临照，
　　只可以拂拭镜上的尘埃，
　　　　却不能增加月儿的光亮。

一五八

我的朋友！
雪花飞了，
　　我要写你心里的诗。

一五九

母亲呵！
天上的风雨来了，
　　鸟儿躲到它的巢里；
心中的风雨来了，
　　我只躲到你的怀里。

一六〇

聪明人！

文字是空洞的，
　　言语是虚伪的；
你要引导你的朋友，
　　只在你
　　　　自然流露的行为上！

一六一

大海的水，
　　是不能温热的；
孤傲的心，
　　是不能软化的。

一六二

青松枝，
　　红灯彩，
　　　　和那柔曼的歌声——
小弟弟！
感谢你付与我，
　　寂静里的光明。

一六三

片片的云影，
　　也似零碎的思想么？
然而难将记忆的本儿，

将它写起。

一六四

我的朋友!
别了,
　我把最后一页,
　　留与你们!

　　　　　　（原载 1922 年 1 月 1 日—26 日《晨报副镌》）

假如我是个作家

假如我是个作家，
我只愿我的作品
入到他人脑中的时候，
平常的，不在意的，没有一句话说；
流水般过去了，
不值得赞扬，
更不屑得评驳；
然而在他的生活中
痛苦，或快乐临到时，
他便模糊的想起
好像这光景曾在谁的文字里描写过；
这时我便要流下快乐之泪了！
假如我是个作家，
我只愿我的作品
被一切友伴和同时有学问的人
　　轻藐——讥笑；
然而在孩子，农夫，和愚拙的妇人，
他们听过之后，
　　慢慢的低头，

深深的思索，
我听得见"同情"在他们心中鼓荡；
这时我便要流下快乐之泪了！
假如我是个作家，
我只愿我的作品，
在世界中无有声息，
没有人批评，
　　更没有人注意；
只有我自己在寂寥的白日，或深夜，
对着明明的月
　　　丝丝的雨
　　　飒飒的风，
低声念诵时，
能以再现几幅不模糊的图画；
这时我便要流下快乐之泪了！
假如我是个作家，
我只愿我的作品
在人间不露光芒，
　　　没个人听闻，
　　　没个人念诵，
只我自己忧愁，快乐，
或是独对无限的自然，
　　　能以自由抒写，
当我积压的思想发落到纸上，
这时我便要流下快乐之泪了！

一九二二年一月十八日。

（原载 1922 年 2 月 6 日《晨报副镌》）

迎"春"

"春来了,
从哪里迎接她呢?
可能听她微步的足音,
看她美艳的衣裳,
接她轻倩的笑语?"

她从青青的草色中来了,
从潺潺的水声中来了,
从拂拂的微风中来了,
从世人欣悦的微笑中来了。
我的朋友,
这不是"春"么?

她推着浓妆的世界,
转到你面前,
慰藉你,
鼓舞你,
更深深的命令你。
看这美满完全的表现呵!

我的朋友!

你一定要寻见"春"么?

"春"何曾是人间的呢?

看她创造的生命罢!

新绿的草色中,

新涨的潮声里,

"春"在里边蕴藏着了!

一九二二年三月九日。

(原载 1922 年 3 月 18 日《时事新报·学灯》)

春 水

自 序

"母亲呵!
这零碎的篇儿,
　你能看一看么?
这些字,
　在没有我以前,
　　已隐藏在你的心怀里。"
　　　　——录《繁星》一二〇

　　　　　　冰　心
　　　　一九二二年十一月二十一日。

一

春水！
　又是一年了，
　还这般的微微吹动。
可以再照一个影儿么？

春水温静的答谢我说：
　"我的朋友！
　　我从来未曾留下一个影子，
　　　不但对你是如此。"

二

四时缓缓的过去——
百花互相耳语说：
"我们都只是弱者！
　甜香的梦
　　轮流着做罢，
　憔悴的杯
　　也轮流着饮罢，
上帝原是这样安排的呵！"

三

青年人！

你不能像风般飞扬,
　便应当像山般静止。
浮云似的
　无力的生涯,
只做了诗人的资料呵!

四

芦荻,
　只伴着这黄波浪么?
趁风儿吹到江南去罢!

五

一道小河
　平平荡荡的流将下去,
只经过平沙万里——
　自由的,
　　沉寂的,
它没有快乐的声音。

一道小河
　曲曲折折的流将下去,
只经过高山深谷——
　险阻的,
　　挫折的,
它也没有快乐的声音。

我的朋友!
感谢你解答了
 　我久闷的问题,
平荡而曲折的水流里,
 　青年的快乐
 　　在其中荡漾着了!

六

诗人!
不要委屈了自然罢,
 　"美"的图画,
 　要淡淡的描呵!

七

一步一步的扶走——
 　半隐的青紫的山峰
 　怎的这般高远呢?

八

月呵!
 　什么做成了你的尊严呢?
深远的天空里,
 　只有你独往独来了。

九

倘若我能以达到,
　　上帝呵!
何处是你心的尽头,
　　可能容我知道?
远了!
　　远了!
　　我真是太微小了呵!

一〇

忽然了解是一夜的正中,
白日的心情呵!
不要侵到这境界里来罢。

一一

南风吹了,
将春的微笑
　　从水国里带来了!

一二

弦声近了,
　　瞽目者来了,

弦声远了,
　　无知的人的命运
　　也跟了去么?

　　　一三

白莲花!
　　清洁拘束了你了——
但也何妨让同在水里的红莲
　　来参礼呢?

　　　一四

自然唤着说:
"将你的笔尖儿
　　　浸在我的海里罢!
人类的心怀太枯燥了。"

　　　一五

沉默里,
　　充满了胜利者的凯歌!

　　　一六

心呵!
　　什么时候值得烦乱呢?

为着宇宙,
为着众生。

一七

红墙衰草上的夕阳呵!
快些落下去罢,
　你使许多的青年人颓老了!

一八

冰雪里的梅花呵!
　你占了春先了。
看遍地的小花
　随着你零星开放。

一九

诗人!
　笔下珍重罢!
众生的烦闷
　要你来慰安呢。

二〇

山头独立,
　宇宙只一人占有了么?

二一

只能提着壶儿
　　看她憔悴——
同情的水
　　从何灌溉呢?
　　她原是栏内的花呵!

二二

先驱者!
　　你要为众生开辟前途呵,
　　束紧了你的心带罢!

二三

平凡的池水——
　　临照了夕阳,
　　便成金海!

二四

小岛呵!
　　何处显出你的挺拔呢?
无数的山峰
　　沉沦在海底了。

二五

吹就雪花朵朵——
　朔风也是温柔的呵!

二六

　我只是一个弱者!
光明的十字架
　容我背上罢,
　我要抛弃了性天里
　暗淡的星辰!

二七

大风起了!
　秋虫的鸣声都息了!

二八

影儿欺哄了众生了,
　天以外——
　月儿何曾圆缺?

二九

一般的碧绿
　　只多些温柔。
西湖呵,
　　你是海的小妹妹么?

三〇

天高了,
　　星辰落了。
　　晚风又与睡人为难了!

三一

诗人!
自然命令着你呢,
　　静下心潮
　　　　听它呼唤!

三二

渔舟归来了,
　　看江上点点的红灯呵!

三三

墙角的花！
你孤芳自赏时，
　　天地便小了。

三四

青年人！
　　从白茫茫的地上
　　找出同情来罢。

三五

嫩绿的叶儿
　　也似诗情么？
颜色一番一番的浓了。

三六

老年人的"过去"，
　　青年人的"将来"，
在沉思里
　　都是一样呵！

三七

太空!
揭开你的星网,
容我瞻仰你光明的脸罢。

三八

秋深了!
　树叶儿穿上红衣了!

三九

水向东流,
　月向西落——
诗人,
　你的心情
　　能将她们牵住了么?

四〇

黄昏——深夜
　槐花下的狂风,
　　藤萝上的密雨,
　可能容我暂止你?
病的弟弟

刚刚睡浓了呵!

四一

小松树,
　　容我伴你罢,
　　山上白云深了!

四二

晚霞边的孤帆,
　　在不自觉里
　　完成了"自然"的图画。

四三

春何曾说话呢?
　　但她那伟大潜隐的力量,
　　　　已这般的
　　温柔了世界了!

四四

旗儿举正了,
　　聪明的先驱者呵!

四五

山有时倾了，
　　海有时涌了。
一个庸人的心志
　　却终古竖立！

四六

不解放的行为，
　　造就了自由的思想！

四七

人在廊上，
　　书在膝上，
拂面的微风里
　　　知道春来了。

四八

萤儿自由的飞走了，
　　无力的残荷呵！

四九

自然的微笑里,
　融化了
　　人类的怨嗔。

五〇

何用写呢?
　诗人自己
便是诗了!

五一

鸡声——
　鼓舞了别人了!
　它自己可曾得到慰安么?

五二

微倦的沉思里——
　鸽儿的弦风
　　将诗情吹破了!

五三

春从微绿的小草里
　　对青年说：
"我的光照临着你了，
　　　　从枯冷的环境中
创造你有生命的人格罢！"

五四

白昼从那里长了呢？
　　远远墙边的树影
　　　都困惝得不移动了。

五五

野地里的百合花，
　　只有自然
　　　是你的朋友罢。

五六

狂风里——
　　远树都模糊了，
　　　造物者涂抹了他黄昏的图画了。

五七

小蜘蛛!
　停止你的工作罢,
　只网住些儿尘土呵!

五八

冰似山般静寂,
　山似水般流动,
诗人可以如此的支配它么?

五九

乘客呼唤着说:
　"舵工!
　　小心雾里的暗礁罢。"
舵工宁静的微笑说:
　"我知道那当行的水路,
　　这就够了!"

六〇

流星——
　只在人类的天空里是光明的;
它从黑暗中飞来,

又向黑暗中飞去,
　　生命也是这般的不分明么?

　　　六一

弟弟!
　　且喜又相见了,
　　我回忆中的你,
　　哪能象这般清晰?

　　　六二

我要挽那"过去"的年光,
　　但时间的经纬里
　　已织上了"现在"的丝了!

　　　六三

柳花飞时,
　　燕子来了;
芦花飞时,
　　燕子又去了;
但她们是一样的洁白呵!

　　　六四

婴儿,

在他颤动的啼声中
　有无限神秘的言语，
从最初的灵魂里带来
　要告诉世界。

六五

只是一颗孤星罢了！
　在无边的黑暗里，
　已写尽了宇宙的寂寞。

六六

清绝——
是静寂还是清明？
　只有凝立的城墙，
　　　被雪的杨柳，
　冷又何妨？
白茫茫里走入画图中罢！

六七

信仰将青年人
　扶上"服从"的高塔以后，
　便把"思想"的梯儿撤去了。

六八

当我自己在黑暗幽远的道上
　当心的慢慢走着,
　　我只倾听着自己的足音。

六九

沉寂的渊底,
　却照着
　　永远红艳的春花。

七〇

玫瑰花的浓红
　在我眼前照耀,
伸手摘将下来,
　她却萎谢在我的襟上。

我的心低低的安慰我说:
　"你隔绝了她和自然的连结,
　　这浓红便归尘土;
青年人!
　留意你枯燥的灵魂。"

七一

当我浮云般
自来自去的时候,
真觉得宇宙太寂寞了!

七二

郁倦的春风
只送些"不宁"来了!
　城墙——
　　微绿的杨柳——
　　　都隐没在飞扬的尘土里。
　　这也是人生断片的烦闷呵!

七三

我的朋友!
　倘若春花自由的开放时,
　　无意中愁苦了你,
你当原谅它是受自然的指挥的。

七四

在模糊的世界中——
　我忘记了最初的一句话,

也不知道最后的一句话。

七五

昨日游湖，
今夜听雨，
　　这雨点已落到我心中的湖上，
　　滴出无数的叠纹了！

七六

寂寞增加郁闷，
　　忙碌铲除烦恼——
我的朋友！
　　快乐在不停的工作里！

七七

只坐在阶边说笑——
山上的楼台
　　斜阳照着，
何曾不想一登临呢？
　　清福不要一日享尽了呵！

七八

可曾有过？

钓矶独坐——
满湖柔波
　看人春泛。

七九

我愿意在离开世界以前
　能低低告诉它说：
　　"世界呵，
　我彻底的了解你了！"

八〇

当我看见绿叶又来的时候，
　我的心欣喜又感伤了。
勇敢的绿叶呵！
　记否去秋黯淡的离别呢？

八一

我独自
　经过了青青的松柏，
　　上了层层的石阶。
祈年殿
　庄严地在黄尘里，
我——
　　我只能深深的低首了！

八二

我的朋友,
　不要让春风欺哄了你,
　　花色原不如花香啊!

八三

微雨的山门下,
　石阶湿着——
只有独立的我
　和缕缕的游云,
这也是"同参密藏"么?

八四

灯下拔了剑儿出鞘,
　细看——凝想
　　只有一腔豪气。
竟忘却
　血珠鲜红
　　泪珠晶白。

八五

我的朋友!

倘若你忆起这一湖春水,
要记住
　它原不是温柔,
　只是这般冰冷。

八六

谈笑着走下层阶,
斜阳里——
　偶然后顾红墙,
　　　　前瞻黄瓦,
霎时间我了解什么是"旧国"了,
　我的心灵从此凄动了!

八七

青年人!
　只是回顾么?
　这世界是不住的前进呵。

八八

春徘徊着来到
　这庄严的坛上——
在无边的清冷里,
只能把一丝春意,
　交付与阶隙里

微小的草儿了。

八九

桃花无主的开了,
　　小草无主的青了,
世人真痴呵!
　　为何求自然的爱来慰安呢!

九〇

聪明人!
　　在这漠漠的世界上,
只能提着"自信"的灯儿
　　进行在黑暗里。

九一

对着幽艳的花儿凝望,
　　为着将来的果子
　　只得留它开在枝头了!

九二

星儿!
　　世人凝注着你了,
导引他们的眼光

超出太空以外罢!

九三

一阵风来——
　湖水向后流了,
　　石矶向前走了,
迷惘里……
　我——我胸中的海岳呵!

九四

什么是播种者的喜悦呢?
　倚锄望——
　到处有青春之痕了!

九五

月儿
在天下的水镜里,
　这边光明,
　　那边黯淡。
但在天上却只有一个。

九六

"什么时候来赏雪呢?"

"来日罢,"
"来日"过去了。

"什么时候来游湖呢?"
　　"来年罢,"
　　"来年"过去了。

"什么时候工作呢!
　　来生么?"
我微笑而又惊悚了!

九七

寥廓的黄昏,
　　何处着一个彷徨的我?
母亲呵!
我只要归依你,
心外的湖山,
　　容我抛弃罢!

九八

我不会弹琴,
　　我只静默的听着;
我不会绘画,
　　我只沉寂的看着;
我不会表现万全的爱,

我只虔诚的祷告着。

九九

"幽兰！
　未免太寂寞了，
　不愿意要友伴么？"
"我正寻求着呢？
　但没有别的花儿
　　肯开在空谷里。"

一〇〇

当青年人肩上的重担
　忽然卸去时，
他勇敢的心
　便要因着寂寞而悲哀了！

一〇一

我的朋友！
　最后的悲哀
　　还须禁受。
在地球粉碎的那一日，
　幸福的女神，
　　要对绝望众生
　　作末一次凄感的微笑。

一〇二

我的问题——
　我的心
　　在光明中沉默不答。
　我的梦
　　却在黑暗里替我解明了！

一〇三

智慧的女儿！
在不住的抵抗里，
你永远不能了解
　什么是人类同情。

一〇四

鱼儿上来了，
水面上一个小虫儿飘浮着——
在这小小的生死关头，
我微弱的心
　忽然颤动了！

一〇五

造物者——

倘若在永久的生命中
　　只容有一次极乐的应许。
我要至诚地求着：
　　"我在母亲的怀里，
　　母亲在小舟里，
　　小舟在月明的大海里。"

一〇六

诗人从他的心中
　　滴出快乐和忧愁的血。
在不知不觉里
　　已成了世界上同情的花。

一〇七

只是纸上纵横的字——
　　纵横的字，
　　　　哪有词句呢？
　　只重叠的墨迹里
　　　　已留下当初凝想之痕了！

一〇八

母亲呵！
　　乳娘不应诓弄脆弱的我，
　　　谁最初的开了

我心宫里悲哀之门呢?
——你拭干我现在的
　　微笑中的泪珠罢——
楼外丐妇求乞的悲声,
　　将我的心从睡梦中
　　　重重的敲碎了!
她将我的母亲带去了,
　　母亲不在摇篮边了。
这是我第一次感出
　　世界的虚空呵!

一〇九

夜正长呢!
　　能下些雨儿也好。
窗外果然滴沥了——
　　数着雨声罢!
　　只依旧是烦郁么?

一一〇

聪明人!
　　纤纤的月,
　　　完满在后头呢!
　　姑且容淡淡的云影
　　　遮蔽着她罢。

一一一

小麻雀!
　休飞进田垄里。
　垄里,
　遍地弹机
　正静静的等着你。

一一二

浪花愈大,
　　凝立的磐石
　　在沉默的持守里,
　　　快乐也愈大了。

一一三

星星——
　只能白了青年人的发,
　不能灰了青年人的心。

一一四

我的朋友!
　不要随从我。
我的心灵之灯

只照自己的前途呵！

一一五

两行的红烛燃起了——
　　堂下花阴里
　　隐着浅红的夹衣。
髫年的欢乐
　　容她回忆罢！

一一六

山上的楼窗不见了，
　　灯花烬也！
天风里
　　危岩独倚，
　　便小草也是伴侣了！

一一七

梦未终——
　　窗外日迟迟，
　　　堂前又遇见伊！
牵牛花！
　　昨夜灵魂里攀摘的悲哀，
　　可曾身受么？

一一八

紫藤萝落在池上了,
花架下
　　长昼无人,
只有微风吹着叶儿响。

一一九

诗人的心灵,
　　只合颤动么?
平凡的急管繁弦,
　　已催他低首了!

一二〇

"祖父千秋,
　　同祝一杯酒!"
明灯下,
　　笑声里,
　　面颊都晕红了!

姊妹们!
　　何必当初?
　　　到如今酒阑人散——
　　苦雨孤灯的晚上,

只添我些凄清的回忆呵!

一二一

世人呵!
　暂时的花儿
　　原不配供在永久的瓶里,
　这稚弱的生机,
　　请你怜悯罢!

一二二

自然的话语
　太深微了,
聪明人的心
　却是如何的简单呵!

一二三

几天的微雨,
　将春的消息隔绝了。
无聊里——
　几朵枯花,
　　只拈来凝想。
原是去年的言语呵,
也可作今日的慰安么?

一二四

黄昏了——
　　湖波欲睡了——
走不尽的长廊呵!

一二五

修养的花儿
　　在寂静中开过去了,
成功的果子
　　便要在光明里结实。

一二六

虹儿!
你后悔么?
　　雨后的天空
　　　　偶然出现,
　　世间儿女
　　已画你的影儿在罗带上了。

一二七

清晓——
　　静悄悄地走入园里,

万有都在睡梦中呵!
　除却零零的露珠
　　谁是伴侣呢?

一二八

海洋将心情深深的分断了——
　十字架下的婴儿呵!
隔着清波
　只能有泛泛的微笑么?

一二九

朝阳下的鸟声清啭着,
　窗帘吹卷了,
　又听得叶儿细响——
无奈诗人的心灵呵!
　不许他拿起笔儿
　　却依旧这般凝想。

一三〇

这时又是谁在海舟上呢?
　水面黄昏
　　凭栏的凝眺——
　山中的我
　　只合空想了。

一三一

青年人!
　觉悟后的悲哀
　　只深深的将自己葬了。
　原也是微小的人类呵!

一三二

花又在瓶里了,
　书又在手里了,
但——
　是今年的秋雨之夜!

一三三

只两朵昨夜襟上的玉兰,
　便将晓风和朝阳
　都深深地记在心里了。

一三四

命运如同海风——
吹着青春的舟,
　飘摇的,
　　曲折的,

渡过了时光的海。

一三五

梦里采撷的天花,
　醒来不见了——
我的朋友!
人生原有些愿望!
只能永久的寄在幻想里!

一三六

洞谷里的小花
　无力的开了,
　　又无力的谢了。
便是未曾领略过春光呵,
　却也应晓得!

一三七

沉默着罢!
　在这无穷的世界上,
弱小的我
　原只当微笑
　　不应放言。

一三八

幢幢的人影,
　　沉沉的烛光——
都将永别的悲哀,
　　和人生之谜语,
　　　　刻在我最初的回忆里了。

一三九

这奔涌的心潮
　　只索倩《楞严》来壅塞了。
无力的人呵!
　　究竟会悟到"空不空"么?

一四〇

遨游于梦中罢!
　　在那里
　　　　只有自由的言笑,
　　　　　　率真的心情。

一四一

雨后——
　　随着蛙声,

荷盘上的水珠，
　　将衣裳溅湿了。

一四二

玫瑰花开了。
为着无聊的风，
　　小小的水边
　　　　竟不想再去了。
诗人的生涯
　　只终于寂寞么？

一四三

揭开自然的帘儿罢！
　　艺术的婴儿，
　　　　正卧在真理的娘怀里。

一四四

诗人也只是空写罢了！
　　一点心灵——
何曾安慰到
　　雨声里痛苦的征人？

一四五

我的心开始颤动了——
　　当我默默的
　　　　敞着楼窗，
　　　　对着大海，
自然无声的谢我说：
　　"我承认我们是被爱的了。"

一四六

经验的花
　　结了智慧的果，
智慧的果
　　却包着烦恼的核！

一四七

绿荫下
　　沉思的坐着——
游丝般的诗情呵！
迷蒙的春光
　　　　刚将你抽出来，
　　叶底园丁的剪刀声
　　　　又将你剪断了。

一四八

谢谢你!
　　我的朋友!
这朵素心兰
　　请你自己戴着罢。
我又何忍辞谢她?
但无论是玫瑰
　　　　是香兰,
我都未曾放在发儿上。

一四九

上帝呵!
即或是天阴阴地,
　　　　人寂寂地,
只要有一个灵魂
　　守着你严静的清夜,
寂寞的悲哀,
　　便从宇宙中消灭了。

一五〇

岩下
　　缓缓的河流,
　　　　深深的树影——

指点着
　细语着，
许多诗意
　笼盖在月明中。

　　一五一

浪花后
　是谁荡桨？
这桨声
　侵入我深思的圈儿里了！

　　一五二

先驱者！
　绝顶的危峰上
　　可曾放眼？
　便是此身解脱，
　　也应念着山下
　　劳苦的众生！

　　一五三

笠儿戴着，
　牛儿骑着
　　眉宇里深思着——
小牧童！

一般的沐着大地上的春光呵,
　　完满的无声的赞扬,
诗人如何比得你!

一五四

柳条儿削成小桨,
　　莲瓣儿做了扁舟——
容宇宙中小小的灵魂,
　　轻柔地泛在春海里。

一五五

病后的树荫
　　也比从前浓郁了,
开花的枝头,
　　却有小小的果儿结着。
　　我们只是改个庞儿相见呵!

一五六

睡起——
　　廊上黄昏,
　　　　薄袖临风;
庭院水般清,
　　　　心地镜般明;
　　是画意还是诗情?

一五七

姊姊!
　　清福便独享了罢,
　　何须寄我些春泛的新诗?
心灵里已是烦忙
　　又添了未曾相识的湖山,
　　　　频来入梦。

一五八

先驱者!
　　前途认定了
　　切莫回头!
一回头——
　　灵魂里潜藏的怯弱,
　　要你停留。

一五九

凭栏久
　　凉风渐生,
何处是天家?
　　真要乘风归去!
看——
　　清冷的月

已化作一片光云
轻轻地飞在海涛上。

一六〇

自然无声的
　　看着劳苦的诗人微笑：
　　"想着罢！
　　　写着罢！
　　无限的庄严，
　　　你可曾约略知道？"

诗人投笔了！
　　微小的悲哀
永久遗留在心坎里了！

一六一

隔窗举起杯儿来——
落花！
　　和你作别了！
　　　原是清凉的水呵，
　　只当是甜香的酒罢。

一六二

崖壁阴阴处，

海波深深处，
　　　垂着丝儿独钓。
鱼儿！
　　不来也好，
我已从蔚蓝的水中
　　钓着诗趣了。

一六三

暮色苍苍——
　　远村在前，
　　山门在后。
黄土的小道曲折着，
　　踽踽的我无心的走着。

宇宙昏昏——
　　表现在前，
　　消灭在后。
生命的小道曲折着
　　踽踽的我不自主的走着。

一般的遥远的前途呵！
　　抬头见新月，
　　深深地起了
　　　不可言说的感触！

一六四

将离别——
　　舟影太分明。
　　四望江山青；
微微的云呵！
　　怎只压着黯黯的情绪，
　　　　不笼住如梦的歌声？

一六五

我的朋友
　　坐下莫徘徊，
照影到水中，
　　累它游鱼惊起。

一六六

遥指峰尖上，
　　孤松峙立，
　　怎得倚着树根看落日？

已近黄昏，
　　算着路途罢！
衣薄风寒，
　　不如休去。

一六七

绿水边——
　　几双游鸭，
　　几个浣衣的女儿，
在诗人驴前
　　展开了一幅自然的图画。

一六八

朦胧的月下——
　　长廊静院里。
不是清磐破了岑寂，
　　便落花的声音，
　　　　也听得见了。

一六九

未生的婴儿，
　　从生命的球外
　　攀着"生"的窗户看时，
已隐隐地望见了
　　对面"死"的洞穴。

一七〇

为着断送百万生灵
　　不绝的炮声,
严静的夜里,
　　凄然的将捉在手里的灯蛾
　　放到窗外去了。

一七一

马蹄过处,
　　蹴起如云的尘土;
据鞍顾盼,
　　平野青青——
只留下无穷的怅惘罢了,
　　英雄梦那许诗人做?

一七二

开函时——
　　正席地坐在花下,
一阵凉风
　　将看完的几张吹走了。
我只默默的望着,
　　听它吹到墙隅,
慰悦的心情

也和这纸儿一样的飞扬了!

一七三

明月下
　　绿叶如云,
　　白衣如雪——
怎样的感人呵!
　　又况是别离之夜?

一七四

青年人,
　　珍重的描写罢,
时间正翻着书页,
请你着笔!

一七五

我怀疑的撒下种子去,
　　便闭上窗户默想着。
我又怀疑的开了窗,
　　岂止萌芽?
　　这青青之痕
　　　还滋蔓到他人的园地里。
上帝呵!
感谢你"自然"的风雨!

一七六

战场上的小花呵！
　　赞美你最深的爱！
冒险的开在枪林弹雨中，
　　慰藉了新骨。

一七七

我的心忽然悲哀了！
　　昨夜梦见
　　　　独自穿着冰绡之衣，
　　从汹涌的波涛中
　　　　渡过黑海。

一七八

微阴的阶上，
　　只坐着自己——
绿叶呵！
　　玫瑰落尽，
诗人和你
　　一同感出寂寥了。

一七九

明月!
　完成了你的凄清了!
银光的田野里,
　是谁隔着小溪
　吹起悠扬之笛?

一八〇

婴儿!
谁象他天真的颂赞?
　当他呢喃的
　　对着天末的晚霞,
无力的笔儿,
　真当抛弃了。

一八一

襟上摘下花儿来,
　匆匆里
　就算是别离的赠品罢!

马已到门前了,
　要不是窗内听得她笑言,
　　错过也

又几时重见?

一八二

别了!
　春水,
感谢你一春潺潺的细流,
　带去我许多意绪。

向你挥手了,
　缓缓地流到人间去罢。
　我要坐在泉源边,
　静听回响。

一九二二年三月五日——六月十四日。

(原载 1922 年 3 月 21 日—31 日,4 月 11 日—30 日,5 月 15 日—30 日,6 月 2 日—30 日《晨报副镌》)

纸 船
——寄母亲

我从不肯妄弃了一张纸,
　　总是留着——留着,
叠成一只一只很小的船儿,
　　从舟上抛下在海里。

有的被天风吹卷到舟中的窗里,
　　有的被海浪打湿,沾在船头上。
我仍是不灰心的每天的叠着,
　　总希望有一只能流到我要它到的地方去。

母亲,倘若你梦中看见一只很小的白船儿,
　　不要惊讶它无端入梦。
这是你至爱的女儿含着泪叠的,
　　万水千山,求它载着她的爱和悲哀归去。

　　　　　　　　一九二三年八月二十七日,太平洋舟中。
　　　　　　　　（原载1923年10月4日《晨报副镌》）

第三辑

小 说

最后的安息

惠姑在城里整整住了十二年,便是自从她有生以来,没有领略过野外的景色。这一年夏天,她父亲的别墅刚刚盖好,他们便搬到城外来消夏。惠姑喜欢得什么似的,有时她独自一人坐在门口的大树底下,静静的听着农夫唱着秧歌;野花上的蝴蝶,栩栩的飞过她的头上。万绿丛中的土屋,栉比鳞次的排列着。远远的又看见驴背上坐着绿衣红裳的妇女,在小路上慢慢的走。她觉得这些光景,十分的新鲜有趣,好象是另换了一个世界。

这一天的下午,她午梦初回,自己走下楼来,院子里静悄悄的,没有一点的声息。在廊子上徘徊了片响,忽然想起她的自行车来,好些日子没有骑坐了,今天闲着没事,她想拿出来玩一玩,便进去将自行车扶到门外,骑了上去,顺着那条小路慢慢的走着。转过了坡,只见有一道小溪,夹岸都是桃柳树,风景极其幽雅,一面赏玩,不知不觉的走了好远。不想溪水尽处,地势欹斜了许多,她的车便滑了下去,不住的飞走。惠姑害了怕,急忙想挽转回来,已来不及了,只觉得两旁树木,飞也似的往两边退去,眼看着便要落在水里,吓得惠姑只管喊叫。忽然觉得好象有人在后面拉着,那车便望旁倒了,惠姑也跌在地下。起来看时,却是一个乡下女子,在后面攀着轮子。惠姑定了神,拂去身上的尘土,回头向她道谢,只见她也只有十三四岁光景,脸色很黑,衣服也极其褴褛,但是另有一种朴厚可爱的态度。她笑嘻嘻的说:"姑娘!刚才差一点没有滑下去,掉在水里,可不是玩的!"惠姑也笑说:"可不是么,只为我路径不熟,幸亏你在后面拉着,要不然,就滚下去了。"她看了惠姑一会儿说:"姑娘想是在山后那座洋楼上住着罢?"惠姑笑说:"你怎么知道?"她道:"前些日子听见人说山后洋楼的主人搬来了。我看姑娘不是我们乡下的打扮,所以我想,……"惠姑点头笑道:"是了,你叫什么名字?家里还有谁?"她说:"我名叫翠儿,家里有我妈,还有两个弟弟三个妹妹。我自从四岁上我爹妈死去以后,就上这边来的。"惠姑说:"你这个妈,是你的大妈还是婶娘?"翠儿摇头道:"都不是。"惠姑迟疑了一会,忽然想她一定是一个童养媳了,便道:"你妈待你好不好?"翠儿不言语,眼圈红了。抬头看了一看日影说:"天不早了,我要走了,要是回去的晚,我妈又要……"说着便用力提着水桶要走,惠姑看那水桶很高,内里盛着满满的水,便说:"你一个人哪里搬得动,等我来帮助你抬罢。"翠儿说:"不用了,姑娘更搬不动,回头把衣服弄湿了,等我自己来罢。"一面又挣扎着提起水桶,一步一步的挪着,径自去了。

惠姑凝立在溪岸上,看着她的背影,心里想:"看她那种委屈的样子,不知她妈是怎样的苦待她呢!可怜她也只比我略大两岁,难为她成天里作这些苦工。上天生人也有轻重厚薄呵!"这时只听得何妈在后面叫道:"姑娘原来在这里,叫我好找!"惠姑回头笑了,便扶着自行车,慢慢的转回去。何妈接过自行车,便说:"姑娘几时出来的,也不叫我跟着。刚才太太下楼,找不见姑娘,急得什么似的。以后千万不要独自出来,要是……"惠姑笑着说:"得了,我偶然出来一次,就招出你两车的话来。"何妈也笑了,一边拉着惠姑的手,一同走回家去。道上惠姑就告诉何妈说她自己遇见翠儿的事情,只把自行车几乎失险的事瞒过了。

何妈叹口气说："我也听见那村里的大嫂们说了,她婆婆真是厉害,待她极其不好。因为她过来不到两个月,公公就病死了,她婆婆成天里咒骂她,说她命硬,把公公克死了,就百般的凌虐她,挨冻挨饿,是免不了的事情。听说那孩子倒是温柔和气,很得人心的。"这时已经到家。她父亲母亲都倚在楼头栏杆上,看见惠姑回来了,虽是喜欢,也不免说了几句,惠姑只陪笑答应着,心里却不住的想到翠儿所处的景况,替她可怜。

第二天早晨,惠姑又到溪边去找翠儿,却没有遇见,自己站了一会儿。又想这个时候或者翠儿不得出来,要多等一等,又恐怕母亲惦着,只得闷闷的回来。

下午的时候,惠姑就下楼告诉何妈说:"我出去一会儿,太太要找我的话,你说我在山前玩耍就是了。"何妈答应了,她便慢慢的走到山前,远远的就看见翠儿低着头在溪边洗衣服,惠姑过去唤声"翠儿!"她抬起头来,惠姑看见她眼睛红肿,脸上也有一缕一缕的爪痕,不禁吃了一惊,走近前来问道:"翠儿!你怎么了?"翠儿勉强说:"没有怎么!"说话却带着哽咽的声音,一面仍用力洗她的衣服。惠姑也便不问,拣一块干净的石头坐下,凝神望着她,过了一会说:"翠儿!还有那些衣服,等我替你洗了罢,你歇一歇好不好?"这满含着慈怜温蔼的言语,忽然使翠儿心中受了大大的感动——

可怜翠儿生在世上十四年了,从来没有人用着怜悯的心肠,温柔的言语,来对待她。她脑中所充满的只有悲苦恐怖,躯壳上所感受的,也只有鞭笞冻饿。她也不明白世界上还有什么叫做爱,什么叫做快乐,只昏昏沉沉的度那凄苦黑暗的日子。要是偶然有人同她说了一句稍为和善的话,她都觉得很特别,却也不觉得喜欢,似乎不信世界上真有这样的好人。所以昨天惠姑虽然很恳挚的慰问她的疾苦,她也只拿这疑信参半的态度,自己走开了。

今天早晨,她一清早起来,忙着生火做饭。她的两个弟弟也不知道为什么拌起嘴来,在院子里对吵,她恐将她妈闹醒了,又是她的不是,连忙出来解劝。他们便都拿翠儿来出气,抓了她一脸的血痕,一边骂道:"你也配出来劝我们,趁早躲在厨房里罢,仔细我妈起来了,又得挨一顿打!"翠儿看更不得开交,连忙又走进厨房去,他们还追了进来。翠儿一面躲,一面哭着说:"得了,你们不要闹,锅要干了!"他们掀开锅盖一看,喊道:"妈妈!你看翠儿做饭,连锅都熬干了,她还躲在一边哭呢!"她妈便从那边屋里出来,蓬着头,掩着衣服,跑进厨房端起半锅的开水,望翠儿的脸上泼去,又骂道:"你整天里哭什么,多会儿把我也哭死了,你就趁愿了!"这时翠儿脸上手上,都烫得起了大泡,刚哭着要说话,她弟弟们又用力推出她去。她妈气忿忿的自己做了饭,同自己儿女们吃了。翠儿只躲在院子里推磨,也不敢进去。午后她妈睡了,她才悄悄的把屋里的污秽衣服,捡了出来,坐在溪边去洗。手腕上的烫伤,一着了水,一阵一阵的麻木疼痛,她一面洗着衣服,只有哭泣。

惠姑来了,又叫了她一声,那时她还以为惠姑不过是来闲玩,又恐怕惠姑要拿她取笑,只淡淡的应了一声。不想惠姑却在一旁坐着不走,只拿着怜悯的目光看着她,又对她说要帮助她的话。她抬头看了片响,忽然觉得如同有一线灵光,冲开了她心中的黑暗。这时她脑孔里充满了新意,只觉得感激和痛苦都怒潮似的,奔涌在一处,便哽咽着拿前襟掩着脸,渐渐的大哭起来,手里的湿衣服,也落在水里。惠姑走近她面前,拾起了湿衣,挨着她站着,一面将她焦黄蓬松的头发,向后掠了一掠,轻轻的摩抚着她。这时惠姑的眼里,也满了泪珠,只低头看着翠儿。一片慈祥的光气,笼盖在翠儿身上。她们两个的影儿,倒映在溪水里,虽然外面是贫，富，智，愚，差得天悬地隔，却从她们的天真里发出来的同情，和感恩的心，将她们的精神，连合在一处，造成了一个和爱神妙的世界。

从此以后，惠姑的活泼憨嬉的脑子里，却添了一种悲天悯人的思想。她觉得翠儿是一个最可爱最可怜的人。同时她又联想到世界上无数的苦人，便拿翠儿当作苦人的代表，去抚恤，安慰。她常常和翠儿谈到一切城里的事情，每天出去的时候，必是带些饼干糖果，或是自己玩过的东西，送给翠儿。但是翠儿总不敢带回家去．恐怕弟妹们要夺了去，也恐怕她妈知道惠姑这样好待她，以后不许她出来。因此玩完了，便由惠姑收起，明天再带出来，那糖饼当时也就吃了。她们每天有一点钟的工夫，在一块儿玩，现在翠儿也不拦阻惠姑来帮助她，有时她们一同洗着衣服，汲着水，一面谈话。惠姑觉得她在学堂里，和同学游玩的时候，也不能如此的亲切有味。翠儿的心中更渐渐的从黑暗趋到光明，她觉得世上不是只有悲苦恐怖，和鞭笞冻饿，虽然她妈依旧的打骂磨折她，她心中的苦乐，和从前却大不相同了。

快乐的夏天，将要过尽了，那天午后，惠姑站在楼窗前，看着窗外的大雨。对面山峰上，云气□□，草色越发的青绿了，楼前的树叶，被雨点打得不住的颤动。她忽然想起暑假要满了，学校又要开课了，又能会着先生和同学们了，心里很觉得喜欢。正在凝神的时候，她母亲从后面唤道："惠姑！你今天觉得闷了，是不是？"惠姑笑着回头走到她母亲跟前坐下，将头靠在母亲的膝上，何妈在一旁笑道："姑娘今天不能出去和翠儿玩，所以又闷闷的。"惠姑猛然想起来，如若回去，也须告诉翠儿一声。这时母亲笑道："到底翠儿是一个怎么可爱的孩子，你便和她这样的好！我看你两天以后，还肯不肯回去？"何妈说："太太不知道还有可笑的事。那一天我给姑娘送糖饼去了，她们两个都坐在溪边,又洗衣服,又汲水,说说笑笑的,十分有趣。我想姑娘在家里,哪里做过这样的粗活,偏和翠儿在一处,就喜欢做。"母亲笑道:"也好,倒学了几样能耐。以后……"她父亲正坐在那边窗前看报,听到这里,便放下报纸说:"惠姑这孩子是真有慈爱的心肠,她曾和我说过翠儿的苦况,也提到她要怎样的设法救助,所以我任凭她每天出去。我想乡下人没有受过教育,自然就会生出像翠儿她婆婆那种顽固残忍的妇人,也就有像翠儿那样可怜无告的女子。我想惠姑知道了这些苦痛,将来一定能以想法救助的。惠姑!你心里是这样想么?"这时惠姑一面听着,眼里却满了晶莹的眼泪,便站了起来,走到父亲面前,将膝上的报纸拿开了,挨着椅旁站着,默默的想了一会,便说:"我回去了,不能常常出来的,翠儿岂不是更加吃苦?爹爹!我们将翠儿带回去,好不好?"她父亲笑了说:"傻孩子!你想人家的童养媳,我们可以随随便便的带着走么?"惠姑说:"可否买了她来?"何妈摇头说:"哪有人家将童养媳卖出去的?她妈也一定不肯呵。"母亲说:"横竖我们过年还来的,又不是以后就见不着了,也许她往后的光景,会好一点,你放心罢!"惠姑也不说什么,只靠在父亲臂上,过了一会,便道:"妈妈!我们什么时候回去?"她母亲说:"等到晴了天,我们就该走了。"惠姑笑说:"我玩的日子多了,也想回去上学了。"何妈笑说:"不要忙,有姑娘腻烦念书的日子在后头呢。"说得大家都笑了。

又过了两天,这雨才渐渐的小了,只有微尘似的雨点,不住的飞洒。惠姑便想出去看看翠儿。走到院子里,只觉得一阵一阵的轻寒,地上也滑得很,便又进去套上一件衣服,换了鞋,戴了草帽,又慢慢的走到溪边。溪水也涨了,不住的潺潺流着,往常她们坐的那几块石头,也被水没过去了,却不见翠儿!她站了一会,觉得太凉。刚要转身回去,翠儿却从那边提着水桶,走了过来，忽然看见惠姑，连忙放下水桶笑说："姑娘好几天没有出来了。"惠姑说："都是这雨给关住了，你这两天好么?"翠儿摇头说："也只是如此，哪里就好了!"说着话的时候，惠姑看见她头发上，都是水珠，便道："我们去树下躲一躲罢，省得淋着。"说着便一齐走到树底下。翠儿笑说："前两天姑娘教给我的那几个字，我都用树枝轻轻的画在墙上，念了几天，都认得了，姑娘再教给我新的罢。"惠姑笑说："好了，我再教给你罢。本来我自己认得的字，也不算多，你又学得快，恐怕过些日子，你便要赶上我了。"翠儿十分喜欢，说："不知道到什么时候，我才能够赶上呢，姑娘每天多教给我几个字，或者过一两年就可以……。"这时惠姑忽然皱眉说："我忘了告诉你了，我们——我们过两天要回到城里去了，哪里能够天天教你?"翠儿听着不觉呆了，似乎她从来没有想到这些，便连忙问道："是真的么? 姑娘不要哄我玩!"惠姑道："怎么不真，我母亲说了，晴了天我们就该走了。"翠儿说："姑娘的家不是在这里么?"惠姑道："我们在城里还有房子呢，到这儿来不过是歇夏，哪里住得长久，而且我也须回去上学的。"翠儿说："姑娘什么时候再来呢?"惠姑说："大概是等过年夏天再来。你好好的在家里等着，过年我们再一块儿玩罢。"这时翠儿也顾不得汲水了，站在那里怔了半天，惠姑也只静静的看着她。过了一会儿，她忽然说："姑娘去了，我更苦了，姑娘能设法带我走么?"惠姑没有想到她会说这话，一时回答不出，便勉强说："你家里还有人呢，我们怎能带你走?"翠儿这时不禁哭了，呜呜咽咽的说："我家里的人，不拿我当人看待，姑娘也晓得的，我活着一天，是一天的事，哪里还能等到过年，姑娘总要救我才好!"惠姑看她这样，心中十分难过，便劝她说："你不要伤心，横竖我还要来的，要说我带你去，这事一定不成，你不如……"

翠儿的妈，看翠儿出来汲水，半天还不见回来，心想翠儿又是躲懒去了，就自己跑出来找。走到溪边，看见翠儿背着脸，和一个白衣女郎一同站着。她轻轻的走过来，她们的谈话，都听得明白，登时大怒起来，就一直跑了过去。翠儿和惠姑都吓了一跳，惠姑还不认得她是谁，只见翠儿面如白纸，不住的向后退缩。那妇人揪住翠儿的衣领，一面打一面骂道："死丫头！你倒会背地里褒贬人，还怪我不拿你当人看待！"翠儿痛的只管哭叫，惠姑不觉又怕又急，便走过来说："你住了手罢，她也并没有说……"妇人冷笑说："我们婆婆教管媳妇，用不着姑娘可怜，姑娘要把她带走，拐带人只可是有罪呵！"一面将翠儿拖了就走。可怜惠姑哪里受过这样的话，不禁双颊涨红，酸泪欲滴，两手紧紧的握着，看着翠儿走了。自己跑了回来，又觉得委屈，又替翠儿可怜，自己哭了半天，也不敢叫她父母知道，恐怕要说她和村妇拌嘴，失了体统。

第二天雨便停了，惠姑想起昨天的事，十分的替翠儿担心，也不敢去看。下午果然不见翠儿出来。自己只闷闷的在家里，看着仆人收拾物件。晚饭以后，坐了一会，便下楼去找何妈作伴睡觉，只见何妈和几个庄里的妇女，坐在门口说着话儿，猛听得有一个妇人说："翠儿这一回真是要死了，也不知道她妈为什么说她要跑，打得不成样子。昨夜我们还听见她哭，今天却没有声息，许是……"惠姑吃了一惊，连忙上前要问时，何妈回头看见惠姑来了，便对她们摆手，她们一时都不言语。这时惠姑的母亲在楼上唤着："何妈！姑娘的自行车呢？"何妈站了起来答应了，一面拉着惠姑说："我们上去罢，天不早了。"惠姑说："你先走罢，太太叫你呢，我再等一会儿。"何妈只得自己去了。惠姑赶紧问道："你们刚才说翠儿怎么了？"她们笑说："没有说翠儿怎么。"惠姑急着说："告诉我也不要紧的。"她们说："不过昨天她妈打了她几下,也没有什么大事情。"惠姑道:"你们知道她的家在哪里?"她们说:"就在山前土地庙隔壁,朝南的门,门口有几株大柳树。"这时何妈又出来,和她们略谈了几句,便带惠姑进去。

这一晚上,惠姑只觉得睡不稳,天色刚刚破晓,便悄悄的自己起来,轻轻走下楼来,开了院门,向着山前走去。草地上满了露珠,凉风吹袂,地平线边的朝霞,照耀得一片通红,太阳还没有上来,树头的雀鸟鸣个不住。走到土地庙旁边,果然有个朝南的门,往里一看,有两个女孩,在院子里玩,忽然看见惠姑,站在门口,便笑嘻嘻的走出来。惠姑问道:"你们这里有一个翠儿么?"她们说:"有,姑娘有什么事情?"惠姑道:"我想看一看她。"她们听了便要叫妈。惠姑连忙摆手说:"不用了,你们带我去看罢。"一面掏出一把铜元,给了她们,她们欢天喜地的接了,便带惠姑进去。惠姑低声问道:"你妈呢?"她们说:"我妈还睡着呢。"惠姑说:"好了,你们不必叫醒她,我来一会就走的。"一面说着便到了一间极其破损污秽的小屋子,她们指着说:"翠儿在里面呢。"惠姑说:"你们去罢,谢谢你。"自己便推门走了进去,只觉得里面很黑暗,一阵一阵的臭味触鼻,也看不见翠儿在什么地方,便轻轻的唤一声,只听见房角里微弱的声音应着。惠姑走近前来,低下头仔细一看,只见翠儿蜷曲着卧在一个小土炕上,脸上泪痕模糊,脚边放着一堆烂棉花。惠姑心里一酸,便坐在炕边,轻轻的拍着她说:"翠儿!我来了!"翠儿的眼睛,慢慢的睁开了,猛然看是惠姑,眉眼动了几动,只显出欲言无声欲哭无泪的样子。惠姑不禁滴下泪来,便拉着她的手,忍着泪坐着。翠儿也不言语,气息很微,似乎是睡着了。一会儿只听得她微微的说:"姑娘……这些字我……我都认……"忽然又惊醒了说:"姑娘!你听这溪水的声音……"惠姑只勉强微笑着点了点头,她也笑着合上眼,慢慢的将惠姑的手,拉到胸前。惠姑只觉得她的手愈握愈牢,似乎迸出冷汗。过了一会,她微微的转侧,口里似乎是唱着歌,却是听不清楚,以后便渺无声息。惠姑坐了好久,想她是睡着了,轻轻的站了起来,向她脸上一看,她憔悴鳞伤的面庞上,满了微笑,灿烂的朝阳,穿进黑暗的窗棂,正照在她的脸上,好像接她去到极乐世界,这便是可怜的翠儿,初次的安息,也就是她最后的安息!

(原载1920年3月11—13日北京《晨报》)

超　人

何彬是一个冷心肠的青年，从来没有人看见他和人有什么来往。他住的那一座大楼上，同居的人很多，他却都不理人家，也不和人家在一间食堂里吃饭，偶然出入遇见了，轻易也不招呼。邮差来的时候，许多青年欢喜跳跃着去接他们的信，何彬却永远得不着一封信。他除了每天在局里办事，和同事们说几句公事上的话；以及房东程姥姥替他端饭的时候，也说几句照例的应酬话，此外就不开口了。

他不但是和人没有交际，凡带一点生气的东西，他都不爱；屋里连一朵花，一根草，都没有，冷阴阴的如同山洞一般。书架上却堆满了书。他从局里低头独步的回来，关上门，摘下帽子，便坐在书桌旁边，随手拿起一本书来，无意识的看着，偶然觉得疲倦了，也站起来在屋里走了几转，或是拉开帘幕望了一望，但不多一会儿，便又闭上了。

程姥姥总算是他另眼看待的一个人；她端进饭去，有时便站在一边，絮絮叨叨的和他说话，也问他为何这样孤零。她问上几十句，何彬偶然答应几句说："世界是虚空的，人生是无意识的。人和人，和宇宙，和万物的聚合，都不过如同演剧一般：上了台是父子母女，亲密的了不得；下了台，摘下假面具，便各自散了。哭一场也是这么一回事，笑一场也是这么一回事，与其互相牵连，不如互相遗弃；而且尼采说得好，爱和怜悯都是恶……"程姥姥听着虽然不很明白，却也懂得一半，便笑道："要这样，活在世上有什么意思？死了，灭了，岂不更好，何必穿衣吃饭？"他微笑道："这样，岂不又太把自己和世界都看重了。不如行云流水似的，随他去就完了。"程姥姥还要往下说话，看见何彬面色冷然，低着头只管吃饭，也便不敢言语。

这一夜他忽然醒了。听得对面楼下凄惨的呻吟着，这痛苦的声音，断断续续的，在这沉寂的黑夜里只管颤动。他虽然毫不动心，却也搅得他一夜睡不着。月光如水，从窗纱外泻将进来，他想起了许多幼年的事情，——慈爱的母亲，天上的繁星，院子里的花……他的脑子累极了，极力的想摈绝这些思想，无奈这些事只管奔凑了来，直到天明，才微微的合一合眼。

他听了三夜的呻吟，看了三夜的月，想了三夜的往事——

眠食都失了次序，眼圈儿也黑了，脸色也惨白了。偶然照了照镜子，自己也微微的吃了一惊，他每天还是机械似的做他的事——然而在他空洞洞的脑子里，凭空添了一个深夜的病人。

第七天早起，他忽然问程姥姥对面楼下的病人是谁？程姥姥一面惊讶着，一面说："那是厨房里跑街的孩子禄儿，那天上街去了，不知道为什么把腿摔坏了，自己买块膏药贴上了，还是不好，每夜呻吟的就是他。这孩子真可怜，今年才十二岁呢，素日他勤勤恳恳极疼人的……"何彬自己只管穿衣戴帽，好像没有听见似的，自己走到门边。程姥姥也住了口，端起碗来，刚要出门，何彬慢慢的从袋里拿出一张钞票来，递给程姥姥说："给那禄儿罢，叫他请大夫治一治。"说完了，头也不回，径自走了。——程姥姥一看那巨大的数目，不禁愕然，何先生也会动起慈悲念头来，这是破天荒的事情呵！她端着碗，站在门口，只管出神。

呻吟的声音，渐渐的轻了，月儿也渐渐的缺了。何彬还是朦朦胧胧的——慈爱的母亲，天上的繁星，院子里的花……他的脑子累极了，竭力的想摈绝这些思想，无奈这些事只管奔凑了来。

过了几天，呻吟的声音住了，夜色依旧沉寂着，何彬依旧"至人无梦"的睡着。前几夜的思想，不过如同晓月的微光，照在冰山的峰尖上，一会儿就过去了。

程姥姥带着禄儿几次来叩他的门，要跟他道谢；他好像忘记了似的，冷冷的抬起头来看了一看，又摇了摇头，仍去看他的书。禄儿仰着黑胖的脸，在门外张着，几乎要哭了出来。

这一天晚饭的时候，何彬告诉程姥姥说他要调到别的局里去了，后天早晨便要起身，请她将房租饭钱，都清算一下。程姥姥觉得很失意，这样清净的住客，是少有的，然而究竟留他不得，便连忙和他道喜。他略略的点一点头，便回身去收拾他的书籍。

他觉得很疲倦，一会儿便睡下了。——忽然听得自己的门钮动了几下，接着又听见似乎有人用手推的样子。他不言不动，只静静的卧着，一会儿也便渺无声息。

第二天他自己又关着门忙了一天，程姥姥要帮助他，他也不肯，只说有事的时候再烦她。程姥姥下楼之后，他忽然想起一件事来，绳子忘了买了。慢慢的开了门，只见人影儿一闪，再看时，禄儿在对面门后藏着呢。他踌躇着四围看了一看，一个仆人都没有，便唤："禄儿，你替我买几根绳子来。"禄儿趔趄的走过来，欢天喜地的接了钱，如飞走下楼去。

不一会儿，禄儿跑得通红的脸，喘息着走上来，一只手拿着绳子，一只手背在身后，微微露着一两点金黄色的星儿。他递过了绳子，仰着头似乎要说话，那只手也渐渐的回过来。何彬却不理会，拿着绳子自己走进去了。

他忙着都收拾好了，握着手周围看了看，屋子空洞洞的——睡下的时候，他觉得热极了，便又起来，将窗户和门，都开了一缝，凉风来回的吹着。

"依旧热得很。脑筋似乎很杂乱，屋子似乎太空沉。——累了两天了，起居上自然有些反常。但是为何又想起深夜的病人。——慈爱的……，不想了，烦闷的很！"

微微的风，吹扬着他额前的短发，吹干了他头上的汗珠，也渐渐的将他扇进梦里去。

四面的白壁，一天的微光，屋角几堆的黑影。时间一分一分的过去了。

慈爱的母亲，满天的繁星，院子里的花。不想了，——烦闷……闷……

黑影漫上屋顶去，什么都看不见了，时间一分一分的过去了。

风大了，那壁厢放起光明。繁星历乱的飞舞进来。星光中间，缓缓的走进一个白衣的妇女，右手撩着裙子，左手按着额前。走近了，清香随将过来；渐渐的俯下身来看着，静穆不动的看着，——目光里充满了爱。

神经一时都麻木了！起来罢，不能，这是摇篮里，呀！母亲，——慈爱的母亲。

母亲呵！我要起来坐在你的怀里，你抱我起来坐在你的怀里。

母亲呵！我们只是互相牵连，永远不互相遗弃。

渐渐的向后退了，目光仍旧充满了爱。模糊了，星落如雨，横飞着都聚到屋角的黑影上。——

"母亲呵，别走，别走！……"

十几年来隐藏起来的爱的神情，又呈露在何彬的脸上；十几年来不见点滴的泪儿，也珍珠般散落了下来。

清香还在，白衣的人儿还在。微微的睁开眼，四面的白壁，一天的微光，屋角的几堆黑影上，送过清香来。——刚动了一动，忽然觉得有一个小人儿，蹑手蹑脚的走了出去，临到门口，还回过小脸儿来，望了一望。他是深夜的病人——是禄儿。

何彬竭力的坐起来。那边捆好了的书籍上面，放着一篮金黄色的花儿。他穿着单衣走了过去，花篮底下还压着一张纸，上面大字纵横，借着微光看时，上面是：

> 我也不知道怎样可以报先生的恩德。我在先生门口看了几次，桌子上都没有摆着花儿。——这里有的是卖花的，不知道先生看见过没有？——这篮子里的花，我也不知道是什么名字，是我自己种的，倒是香得很，我最爱它。我想先生也必是爱它。我早就要送给先生了，但是总没有机会。昨天听见先生要走了，所以赶紧送来。
>
> 我想先生一定是不要的。然而我有一个母亲，她因为爱我的缘故，也很感激先生。先生有母亲么？她一定是爱先生的。这样我的母亲和先生的母亲是好朋友了。所以先生必要收母亲的朋友的儿子的东西。
>
> 禄儿叩上

何彬看完了，捧着花儿，回到床前，什么定力都尽了，不禁呜呜咽咽的痛哭起来。

清香还在，母亲走了！窗内窗外，互相辉映的，只有月光，星光，泪光。

早晨程姥姥进来的时候，只见何彬都穿着好了，帽儿戴得很低，背着脸站在窗前。程姥姥陪笑着问他用不用点心，他摇了摇头。——车也来了，箱子也都搬下去了，何彬泪痕满面，静默无声的谢了谢程姥姥，提着一篮的花儿，遂从此上车走了。

禄儿站在程姥姥的旁边，两个人的脸上，都堆着惊讶的颜色。看着车尘远了，程姥姥才回头对禄儿说："你去把那间空屋子收拾收拾，再锁上门罢，钥匙在门上呢。"

屋里空洞洞的，床上却放着一张纸，写着：

小朋友禄儿：

我先要深深的向你谢罪，我的恩德，就是我的罪恶。你说你要报答我，我还不知道我应当怎样的报答你呢！

你深夜的呻吟，使我想起了许多的往事。头一件就是我的母亲，她的爱可以使我止水似的感情，重要荡漾起来。我这十几年来，错认了世界是虚空的，人生是无意识的，爱和怜悯都是恶德。我给你那医药费，里面不含着丝毫的爱和怜悯，不过是拒绝你的呻吟，拒绝我的母亲，拒绝了宇宙和人生，拒绝了爱和怜悯。上帝呵！这是什么念头呵！

我再深深的感谢你从天真里指示我的那几句话。小朋友呵！不错的，世界上的母亲和母亲都是好朋友，世界上的儿子和儿子也都是好朋友，都是互相牵连，不是互相遗弃的。

你送给我那一篮花之先，我母亲已经先来了。她带了你的爱来感动我。我必不忘记你的花和你的爱，也请你不要忘了，你的花和你的爱，是借着你朋友的母亲带了来的！

我是冒罪丛过的，我是空无所有的，更没有东西配送给你。——然而这时伴着我的，却有悔罪的泪光，半弦的月光，灿烂的星光。宇宙间只有它们是纯洁无疵的。我要用一缕柔丝,将泪珠儿穿起,系在弦月的两端,摘下满天的星儿来盛在弦月的圆凹里,不也是一篮金黄色的花儿么?它的香气,就是悔罪的人呼吁的言词,请你收了罢。只有这一篮花配送给你!

天已明了,我要走了。没有别的话说了,我只感谢你,小朋友,再见!再见!世界上的儿子和儿子都是好朋友,我们永远是牵连着呵!

何彬草

我写了这一大段,你未必都认得都懂得;然而你也用不着都慌得,因为你懂得的,比我多得多了!又及。

"他送给我的那一篮花儿呢?"禄儿仰着黑胖的脸儿,呆呆的望着天上。

(原载 1921 年 4 月《小说月报》第 12 卷第 4 号)